아홉 빛깔 사랑

다정한 사람들의 배려와 따스한 온기 나누기

아홉
빛깔
사랑

조미구 소설집

조이룩북스

근면, 성실하고 노력하는 소설가

　조미구 사모가 나를 찾아왔을 적 첫 대면에서 전형적인 공붓벌레 냄새가 나서 꽉 짜인 틀에 갇혀 소설을 쓰지 않을까 하는 의구심이 일었다. 더구나 십대에 기독교 학교에서 공부했고, 이제 목사의 아내가 되어 목회를 하고 있으니 세속의 문제를 깊이 있게 다루는 문학과는 거리가 있는 사람이다.

　하지만 중, 고등학교와 대학까지 후배이고 목회 현장에서 수고하는 상황까지 나를 닮았으니, 내게 소설을 공부하여 등단하고 싶다고 찾아온 걸 거절할 수가 없었다. 우선 내 방식으로 고된 훈련에 들어갔다. 하루이틀에 끝나는 일이 아니고 적어도 일이 년을 수련하는 그런 코스였다. 첫방에 나가떨어져 그만두고 달아나는 사람이 대부분이라 조미구 사모도 어디 보자, 하고 그에게 앞으로 해야 할 힘든 훈련 코스를 나열했다. 숭실사이버대학교 방송문예창작학과에서 이미 공부하고 있어 나의 이런 개인적인 소설 공부 방식을 싫다고 머리를 흔들고 달아날 것으로 예상했다.

그런데 아뿔싸! 내 기대 이상으로 진국을 만나서 처음에 너무 놀랐다. 단편 300편을 읽고 노트에 정리하여 매번 제출하는 코스에서 조미구 사모는 열심히 따라붙었다. 20편씩 읽고 나서 지시한 내용을 작성해 내게 메일로 보내거나 개인적으로 만나 지도를 받았다. 와우! 그 바쁜 중에 어떻게 그렇게 많은 단편들(거의 내가 추천하는)을 읽어 내는지 성실 노력 그 자체였다. 게다가 글을 쓰겠다는 집념이 대단했다. 300편의 단편을 읽고 집필까지 하면서 고된 훈련을 마쳤을 때 그의 향상된 실력을 보며 보람을 느꼈다.

사실 소설가의 길은 힘들다. 지독한 노동이기 때문이다. 더구나 크리스천 소설가는 많지 않다. 그만큼 어렵고 힘든 코스다. 등단 뒤 첫 10년을 꾸준히 집필하여 발표해야 하는 과정에 많은 이들이 펜을 던지고 사라져 버린다. 너무 힘들고 돈도 벌지 못하기 때문이다. 더구나 크리스천 작가는 자신이 영적인 눈을 뜨고 독자들의 영성 회복을 도울 뿐 아니라 영적 공동체를 구축하는 글을 써야 하는 자리다. 발표하는 작품을 통해 사람들의 망가진 영성을 회복시키는 일에 동참하는 셈이다. 그것도 큰 나무 밑동을 도끼로 자르듯 반복해서 저들의 세속적 가치관을 하나님의 영적 가치관으로 바꿔 주는 글을 써야 한다. 이런 성스러운 자리에 조미구 소설가를 하나님께서 직접 뽑아서 세워 주셨으니 이 점을 끝까지 잊지 말아야 한다. 이 막중한 일을 위해 우리 계간《크리스천 문학나무》가 앞장서 가고 있다. 여기서 조미구 소설가가 등단했으니 참으로 기쁘고 축하할 일이다.

등단 2년 만에 벌써 단편집을 내겠다고《아홉 빛깔 사랑》이란 제목으로 그간 발표한 9편의 작품을 내게 보냈다. 아직은 체험을 중심으로 좁은 시야에 갇혀 있으나 점점 탁 트이는 시야로 대작을 쏟아내는, 하나님 손에 들린 귀한 천국 일꾼으로 변신할 것으로 믿는다. 틀에 박힌 생활에서 상상의 날개를 활짝 펴고 역사, 철학, 심리학, 더 나아가 기후변화나 사회문제 속으로 날아다니면서 많은 좋은 작품을 쏟아내기를 소원한다. 우리나라 기독교 역사에 숨겨진 많은 주제를 찾아내서 하나님의 문화를 넓혀 가는 역군이 되리라 기대한다.

　달려갈 길을 다 갈 때까지 초심 변치 말고 꾸준히 펜을 부여잡고 전진하기를 바라면서 조미구 소설가의 첫 단편집 출간에 박수를 보낸다.

이건숙 소설가

더욱 아름다운 사랑의 삶으로

저는 2022년 겨울 《크리스천 문학나무》에서 〈빛길을 가다〉로 신인문학상을 받고 소설가로 등단했습니다. 같은 잡지에 계절마다 단편소설을 꾸준히 실었습니다. 그 소설들을 모아 저의 첫 번째 단편소설집을 세상에 내놓게 되었습니다. 여덟 편의 단편소설과 한 편의 동화로 총 아홉 편을 모아 책 한 권으로 묶었습니다.

요즘같이 좋은 소식이 없는 세상에 어떤 소설책을 내놓는 것이 미약하나마 한 줄기 희망이 될 수 있을까요? 저는 고민과 숙고를 계속한 끝에 '사랑'만이 우리 모두의 희망이 될 수 있겠다는 결론에 이르렀습니다. 그리고 아홉 편의 사랑 이야기를 모은 책 제목을 《아홉 빛깔 사랑》이라 지었습니다.

이 책에 실린 소설들은 우리가 흔히 '사랑'이라고 하면 떠올리는 통속적인 남녀 간의 사랑 이야기만 있는 것이 아닙니다. 가족 간의 사랑, 친구들 간의 우정, 이웃 간의 배려, 하나님의 우리를 향한 사랑, 인간의 하나님을 향한 믿음, 그리고 동화에는 반려견과의 애정이 담긴 교감의 내용도 실었습니다.

요즘은 사람들이 책을 잘 안 읽을 뿐 아니라 내용도 계속 짧아지는 추세입니다. 그래도 저는 이 책을 선택해서 읽는 독자들에게 아쉬움이 없도록 아홉 편의 사랑 이야기를 꾹꾹 눌러 담았습니다.

작가가 되고 첫 번째 단편집을 내기까지 도와주신 많은 분들이 있지만 특별히 이건숙 사모님, 황충상 교수님, 그리고 허혜정 교수님을 비롯한 숭실사이버대 교수님들께 감사를 드립니다. 이건숙 사모님은 저에게 1:1로 소설 쓰는 법을 자상하게 알려주시고 제가 쓴 소설들을 감수해 주셨습니다. 황충상 교수님께서는 크리스천 문학나무 작가 모임에서 귀중한 문학 수업을 해주셨습니다.

제가 소설가로 활동하고 1인 출판사를 하는 데 항상 지지해 주고 기도해 주는 남편과 아들, 그리고 양가 부모님께 감사드립니다. 칭찬글을 써주신 여덟 명의 지인 분들께도 감사드립니다. 이 책이 나오는 데 예술활동준비금을 지원해 주신 예술인복지재단에도 감사드립니다.

'첫'이라는 글자가 들어간 모든 것에는 미숙함이 있지만, 설렘도 있습니다. 제 마음에 설렘과 기대를 한껏 품고 이 책을 펴내면서 기도하는 바는 이 책을 읽은 후에 독자들의 마음이 아홉 빛깔의 사랑으로 영롱하게 따뜻해지고 그들의 삶이 더욱 아름다워지는 데 이 책이 도움이 되었으면 하는 것입니다.

끝으로 이 모든 것을 이미 계획하셨고 모든 어려움에서도 저를 항상 도와주시는 하나님께 모든 영광과 감사를 드립니다.

2024년 11월
북수원에서
조미구

차 례

♥ 빛길을 가다

　　　　　　　　◦◦◆◦◦

　내게 오는 행운은 언제나 예고 없이 온다.

　내가 처음 그녀를 만난 날도 그랬다.

　3년 전 일이다. 나는 D 건설 정보통신팀에서 근무 중이
었다. 황 대리가 나에게 스미스 상무님과 그 비서에게 신규
지식관리 프로그램을 설치하라고 했다. 스미스 상무님이 일
하는 사우디아라비아 건설팀은 13층이었다.

　D 건설 사옥 13층에서 엘리베이터를 내리고 사무실 문
을 여니 후끈 뜨거운 기운이 느껴졌다. 큰 사무실 안에 책상
이 한 100개는 있어 보였다. 빼곡하게 놓인 칸막이마다 남
자 직원들이 업무에 몰두하고 있었다. 사무실 맨 앞 왼쪽에
상무님 집무실이 있었다. 사무실 맨 뒤에서 맨 앞쪽으로 걸
어가니 상무님 집무실 바로 앞에 여직원 한 명이 앉아 있었
다. 아마도 상무님의 비서일 텐데 그 큰 방에 여직원은 단
한 명이었다.

"안녕하세요. 여기가 스미스 상무님 자리 맞나요?"

"아, 네. 맞아요. 그런데 상무님은 지금 출장 중이십니다. 무슨 일이신가요?"

"지식관리 프로그램을 설치하러 정보통신팀에서 왔습니다."

"그럼 이쪽으로 오세요."

그녀는 상무님 집무실 문을 열어 주며 내게 말을 건넸다.

"제가 컴퓨터 켜 드릴게요."

그녀는 능숙하게 컴퓨터를 켜고 비밀번호를 입력한 후 나에게 의자에 앉으라고 손짓했다.

"여기 앉아서 편하게 하세요."

그녀는 친절할 뿐만 아니라 대단한 미인이었다. 남자들만 가득 있는 칙칙한 사무실에 전혀 어울리지 않는, 밝은 꽃무늬 블라우스에 분홍색 치마를 입고 있었다. 화장도 곱게 하고 사무실을 혼자 지키고 있는 그녀가 나는 참으로 고마웠다. 신입사원인 나는 D 건설 직원들에게 업무에 사용되는 프로그램들을 설치해 주고 컴퓨터 고장을 해결하는 것이 임무였다. 내가 작업을 할 때 어떤 사람들은 다 설치하고 고칠 때까지 순순히 기다리고 있었지만, 어떤 직원들은 나를 아주 귀찮아했다.

나는 4년제 일류 대학에서 컴퓨터를 전공했고 컴퓨터 경진대회에 참가하여 상도 여러 차례 받았다. 우수한 성적으로 졸업한 후 높은 경쟁률을 뚫고 D 건설에 입사한 신입 사원인데 박대당한다는 생각이 들었다. 회사에 잘못 들어왔는가 고민하던 나에게 그녀의 친절이 정말 고마웠다.

USB(이동형 데이터 기억장치)에 담아 간 설치 프로그램을 가지고 상무님 컴퓨터에 설치를 시작했다. 사번을 입력하면 자동으로 ID 파일이 컴퓨터로 복사되고 지식관리 프로그램이 설치된다. 나는 미리 상무님의 사번을 적어 가지고 갔기에 몇 번의 클릭을 하고 나서 성공적으로 설치를 완료했다. 나는 컴퓨터를 끄면서 그녀에게 말했다.

"상무님 컴퓨터는 설치가 다 됐습니다. 이제 비서님 컴퓨터에도 설치해야 해요."

"아, 네. 그럼 이쪽으로 오세요."

그녀는 나를 자기 자리로 데려갔다.

"성함하고 사번 좀 알려주시겠어요?"

"이름은 김윤지, 사번은 700654에요."

"사번이 외우기가 아주 쉽네요."

"다들 그렇게 얘기하지요."

김윤지 비서가 수줍게 웃었다.

컴퓨터는 이미 켜져 있었기에 아까 했던 대로 하면 됐다. 그날이 금요일 오후라 이것만 끝나면 드디어 주말이구나! 기쁜 맘으로 설치 프로그램을 돌리기 시작했다. 사번을 입력했다. 그런데 ID 파일 복사가 안 된다?

"700654, 이 사번이 맞나요, 김윤지 비서님?"

"네, 맞아요."

이상하네! 이걸 빨리 설치하고 즐거운 주말을 보내야 하는데 왜 안 될까? 땀을 삐질거리며 다섯 번을 다시 시도했는데도 결국 ID 파일을 복사하는 데 실패하고 말았다. 시간이 30분도 더 걸렸다. 김윤지 비서에게 재차 미안하다고 말하고 프로그램에 이상이 없는데 설치가 안 된다고 다시 연락을 주겠다고 하고 내 자리로 돌아왔다.

황 대리에게 상무님 컴퓨터에는 설치를 잘했는데 비서 컴퓨터에는 설치를 못 했다고 보고했다. 황 대리는 그것 하나도 제대로 처리를 못 했냐는 듯 잔뜩 찌푸린 얼굴로 나를 쏘아보았다.

"어디서 에러가 났는데?"

"프로그램을 실행하고 사번을 입력했는데 ID 파일을 가져오지를 못합니다."

"사번이 뭔데?"

"네?"

"사번이 뭐냐고!"

"아, 아, 700654요."

아까 김윤지 비서가 가르쳐 준 사번을 알려주었다.

"어이구, 그러니까 안 되지! 7번 대 사번은 비정규직 사번이라고. 내가 이번 지식관리 프로그램 설치는 9번 대하고

M번 대 정규직 사원들만 해당한다고 그렇게 강조했건만 헛짓하다 돌아왔구먼!"

"아, 하지만……."

"하지만 뭐?"

"아, 아닙니다."

처음에 황 대리가 나한테 일을 시킬 때 상무님하고 비서 컴퓨터를 다 설치하고 오라고 한 것 아닌가! 그렇다면 이건 애초에 김윤지 비서가 7번 대 비정규직 직원인지 확인하고 일을 시키지 않은 황 대리의 실수였다. 그래 놓고 지금 나보고 일을 꼼꼼하게 챙겨서 해야지 괜히 30분 이상 쓸데없이 시간 쓰고 왔단다. 그리고 6시 퇴근 시간이 지날 때까지 신입사원으로서 일을 꼼꼼히 챙기지 못한다고, 다음 주 중으로 13층 직원들 다 지식관리 프로그램을 설치해 줘야 하는데 할 수 있겠냐고 계속 혼났다. 야근해서라도 다 하라는 황 대리의 폭포수 같은 잔소리를 다 듣고, 나는 퇴근을 할 수 있었다.

퇴근 직전에 김윤지 비서에게 전화를 걸까 말까 잠시 고민하다가 월요일에 연락하기로 마음을 정했다. 어차피 김윤지 비서가 대상자가 아니니 빨리 연락하든 늦게 연락하든 결과는 '설치 불가'다.

정보통신팀에는 그래도 전체 50명의 직원 중에 10여 명이 여직원이었는데, 13층에는 어찌 여직원이 그 김윤지 비서

한 명뿐인지 측은한 생각도 들었다. 그렇게 아름다운 아가씨가 어쩌다 열사의 노동판에서 험하게 고생하는 사우디아라비아 건설팀에서 일하게 됐는지 궁금하기도 했다. 그리고 내가 시간을 뺏은 것도 미안하여 한번 밥이라도 같이 먹자고 해야겠다고 생각했다.

김윤지 비서는 친절 교육이라도 별도로 받았는가 웃으며 "여기 앉아서 편하게 하세요." 하던 목소리가 주말 내내 잊히지 않았다.

나는 월요일에 출근하자마자 김윤지 비서에게 전화했다. "사우디 건설팀 김윤지입니다." 하고 전화 받는 목소리가 역시 정말 친절하다.

"안녕하세요! 지난 금요일에 방문한 정보통신팀 박상준입니다. 지금 자리에 계시는지요?"

그녀가 자리에 있다고 하여 나는 13층으로 부리나케 올라가서 우선 김 비서에게 인사부터 했다. 그리고 조용히 드릴 말씀이 있다고 했다. 그래서 둘이 상무님 방에 들어가서 문을 닫고 이야기를 나누었다.

나는 김 비서가 이번 지식관리 프로그램 업그레이드 대상자가 아니기 때문에 설치할 필요가 없다고 했다. 그런데 내가 그런 사실을 늦게 인지해서 금요일에 쓸데없이 시간을 많이 낭비하게 해서 미안하다고 했다. 그리고 밥을 한 끼

사겠다고 말했다. 나의 말에 김 비서는 웃으면서 괜찮다고 계속 사양했지만 잠시 후 진지한 내 표정을 가만히 살피더니 그럼 약속을 잡자고 했다.

"아, 네. 그럼 어느 요일에 시간이 되시나요?"

나는 수요일에 만나기로 약속하고 지하 정보통신팀 사무실로 돌아왔다.

이틀이 지나 드디어 수요일이 되었다. 나는 평소보다 일찍 일어나 샤워를 재빨리 하고 미리 다려 놓은 와이셔츠를 입었다. 넥타이는 내가 가진 것 중에 제일 괜찮은 파란색으로 매고 출근했다. 파란색으로 고른 이유는 어느 책에서 첫인상을 좋게 하려면 파란색으로 코디를 하는 게 좋다고 한 것을 읽은 적이 있기 때문이다. 나는 같이 밥을 먹기로 한 수요일이 되기 전에도 13층 사우디아라비아 건설팀에 올라가서 다른 남자 직원들 설치 작업을 계속 진행했다.

큰 사무실이 두 개였는데 각각 100명씩 자그마치 200여 명의 직원이 촘촘히 책상을 붙여 놓고 일하고 있었다. 나는 일하는 중에 김윤지 비서가 뭘 하고 있나 잠시 쳐다보기도 했는데, 그리 바쁜 일은 없는 듯 컴퓨터 앞에 가만히 앉아 있거나 전화 통화를 하곤 하였다. 그리고 새롭게 알게 된 사실은 김 비서가 있는 사무실은 여직원이 혼자지만 그 옆 사무실에는 여직원 4~5명이 모여 앉아서 일하고 있었다.

점심시간이 되었다. 나는 조용한 방에서 이야기하며 식

사를 할 수 있는 한정식집으로 김 비서를 데리고 갔다. 나는 우선 지난 금요일 일은 정말 미안하다고 말했다. 그리고 13층엔 여직원이 왜 이렇게 적은지, 남자 직원들이 많아서 힘들지는 않은지 물어 보았다.

김 비서는 스미스 상무님 비서 일을 하느라 13층에 있는 것이고 다른 남자 직원들하고 부닥칠 일은 거의 없다고 했다. 그리고 내가 보았던 13층 다른 사무실 여직원들은 번역사들인데 그 사람들하고 영어 번역 일을 나눠서 하는 일과 비서 일 이렇게 두 가지 일을 하고 있단다. 나는 그나마 번역 일 하는 여직원들이 같은 13층에 있어서 다행이라고 이야기해 주었다.

"영어 회화도 능통하시고 번역 일도 잘하신다니 대단하십니다."

나는 김 비서에게 호감을 사려고 아낌없이 칭찬했다.

"상무님과 대화해야 하니까 당연히 영어 회화 잘해야죠. 대학에서 영어 전공했어요."

아, 그렇구나. 가만 또 무슨 이야기를 하지?

"저는 구의동에 살아요."

"아, 네. 저는 잠실 살아요."

"아, 그래요? 저는 지하철 강변역에서 내리는데 잠실이시면 같은 2호선이겠네요."

나는 김윤지 비서를 보고 첫눈에 반했다. 나에게는 그날이 첫 번째 데이트 날이었다. 나는 김 비서에게 어쩜 그렇게 친절하냐고 칭찬을 많이 해주었다. 김 비서는 밥을 살 만한 일도 아닌데 밥도 사주고 좋은 분 같다고 나에게 이야기해주었다.

그날 이후로 나는 어떻게 하면 김 비서를 자주 만날까 방법을 생각해 보게 되었고, 황 대리의 괴롭힘에도 회사 생활이 갑자기 즐거워졌다. 나는 우선 13층에 자주 갈 일을 만들어야겠다는 작전을 하나 세웠고, 두 번째로는 차로 출퇴근을 할 때 카풀을 하고, 세 번째로는 지하철 2호선을 같이 타고 다녀야겠다고 생각했다. 가랑비에 옷 젖는 줄 모른다는 말이 있듯이 자꾸 만나다 보면 김 비서도 나를 좋아하게 되지 않을까?

나는 첫 번째 계획, 13층에 자주 갈 일을 만들기 위해 김 비서의 컴퓨터를 이용하기로 했다. 김 비서의 컴퓨터에 문제가 생기면 곧바로 정보통신팀 막내인 나에게 수리 요청이 들어온다. 나는 김 비서가 우리 팀에 컴퓨터를 좀 봐달라고 자주 요청하게 했다. 우선 첫 번째로 내가 시도한 것은 김 비서의 메일에 사이즈가 아주 큰 메일을 보내서 메일이 잘 안 되니 해결해 달라는 요청을 하게 했다. 김 비서와 점심을 먹은 지 한 1주일이 지난 후의 일이었다.

13층에 올라가니 김 비서가 자리에 앉아 있었다.

"오늘 또 뵙게 되네요. 컴퓨터에 무슨 문제가 있다고요?"

"네, 안녕하세요. 빨리 오셨네요. 메일이 무슨 일인지 잘 안 되네요."

나는 능숙하게 김 비서 메일함에 들어가서 여기저기 점검하는 척하다가 스팸메일함에 들어가 있는, 내가 보낸 대용량 메일을 삭제하였다. 그리고 메일함을 한 번 압축시켜서 문제를 완벽하게 해결하였다. 내가 금방 메일 문제를 해결하자 김 비서는 감탄에 겨운 얼굴을 하며 매우 고맙다고 했다.

"정말 감사합니다! 이렇게 금방 해결됐네요. 컴퓨터 전문가는 진짜 다르시네요."

"아 별 말씀을요. 제가 매일 하는 일이 이건데요."

멋쩍은 웃음을 지으며 나는 유유히 다시 지하의 정보통신팀 내 자리로 돌아왔다. 그런데 나는 김 비서의 메일 문제를 해결해 주면서 다른 한쪽에 약간의 문제를 발생시켜 놓고 돌아왔다. 문제를 해결한 후에 파워포인트 프로그램 사용 유효 기간을 1주일 후로 맞춰 놓고 온 것이었다. 나는 기쁜 마음으로 김 비서한테 파워포인트가 안 된다고 연락이 오기를 기다렸고, 정확히 1주일 후에 사내 전화로 연락이 왔다.

"여보세요. 박상준 사원님 자리 맞나요?"

기다리고 기다리던 김윤지 비서의 목소리다!

"네, 맞습니다."

"사우디 현장팀 김윤지인데요. 제 컴퓨터에 또 문제가 생겼네요. 언제 와서 좀 고쳐 주세요."

"네, 알겠습니다. 점심시간 후에 바로 갈게요."

김 비서는 역시 내 예상대로 파워포인트가 작동되지 않는다고 걱정 어린 얼굴로 나를 쳐다보았다. 오늘 중으로 스미스 상무님께 사우디로 파일을 보내 줘야 하는데 아침부터 지금까지 못 하고 있었다는 것이다. 나는 능숙하게 파워포인트 시리얼 번호를 넣고 유효기간을 늘려서 문제를 해결했다.

"아, 이제 잘 될 겁니다. 앞으로는 컴퓨터가 잘 안 되면 바로바로 연락 주세요. 오늘 아침 내내 아무 일도 못 하셨다니 제가 죄송하네요."

내가 이렇게 천연덕스럽게 말을 하자 김 비서는 이렇게 말했다.

"대신 워드 프로그램으로 글자는 작성하고 있었어요. 이제 파워포인트가 되니까 그림하고 글자를 같이 넣으면 될 거예요. 하여간 이번에도 정말 감사합니다."

나는 이번에도 역시 한 가지 문제를 몰래 심어 놓고 왔다. 컴퓨터에 설치된 백신 프로그램으로 치료가 가능한 바이러스를 몰래 김 비서 컴퓨터의 폴더에 넣어 두고 온 것이다. 이 바이러스는 컴퓨터를 사용하는 데 큰 문제는 없지만, 백신 프로그램으로 검사를 하면 바이러스가 있다고 나오기 때문에 지워 줘야 하는 파일이다. 그리고 김 비서 백신 프로그램의 검사 주기를 1주일에 한 번으로 설정해 놓았다. 김 비서의 컴퓨터에서 백신을 돌리면 바이러스가 나올 것이고, 김 비서는 또 나에게 전화를 할 것이다.

나는 또 즐거운 마음으로 1주일을 기다렸고 역시 김 비서에게서 전화가 왔다. 백신 프로그램을 돌렸는데 바이러스가 나왔는데 어떻게 해야 하냐고. 내가 지금 올라가겠다고 하자 매번 와달라고 하기 미안하다고 자기가 처리하겠으니 전화로 방법을 알려 달라고 한다. 나는 김 비서가 잘못 처리하다가 진짜로 컴퓨터가 망가질까 싶어 얼른 13층으로 달려가서 지난번에 넣었던 바이러스 파일을 지워 주고 치료할 수 있는 다른 바이러스 파일을 심어 놓고 왔다. 이번에는 김 비서가 고맙다고 하면서 내 손에 쿠키 몇 개를 쥐여 주었다.

내가 김윤지 비서를 처음 만난 날이 6월 7일이었는데 이렇게 컴퓨터 문제를 해결해 주면서 다른 한 부분에 문제를 숨겨 놓는 방법을 계속 반복했다. 나는 거의 1~2주일에 한 번 정도씩 13층의 김윤지 비서 자리로 올라갔고, 그렇게 9월까지 3개월을 자주 만나다 보니 아주 친한 사이가 되었다. 우리는 사내 메일, 메신저, 전화로 자주 연락을 주고받는 사이가 되었다. 호칭도 윤지 씨, 상준 씨가 되었다. 그리고 내가 속한 정보통신팀이 있는 지하에 매점이 있어서 같이 그

곳에서 커피를 마시기도 했다.

그런데 9월 초에 뜻하지 않게 스미스 상무님이 사우디에서 귀국해서 매일 13층으로 출근하였다. 윤지 씨는 스미스 상무님이 사람들하고 회의하면 참석자들에게 커피와 다과를 대접해야 했고, 회의가 끝나면 상무님이 영어로 휘갈겨 쓴 회의록을 정리하는 등 할 일이 많아졌다. 게다가 번역 일은 번역 일대로 해야 했기에 야근을 하는 날이 많아져서 퇴근을 늦게 할 때가 많았다.

나는 바빠진 윤지 씨의 컴퓨터에 장난 치는 일을 이제 그만해야겠다고 생각하고 두 번째 플랜인 카풀을 하는 방법을 사용하기로 했다. 윤지 씨가 야근하는 날을 알아내서 그날 나도 야근을 하고, 늦었으니 차로 집까지 태워다 주는 방법을 쓰려고 한 것이다. 스미스 상무님이 회사에서 지키고 있으니 회사 밖에서 윤지 씨와 시간을 보내야겠다고 작전을 바꾼 것이다.

어느 날 나도 할 일이 많아서 야근하고 집에 가려고 하는데 그날은 지하철을 타고 회사로 출근한 날이었다. 지하 사무실에서 1층 로비로 올라왔는데 윤지 씨가 회사 정문 앞에 서 있는 모습이 보였다. 반가운 마음에 윤지 씨를 부르려고 하는데 갑자기 검은 BMW 자동차 하나가 나타나서 윤지 씨를 태우고는 저 멀리 사라져 버렸다. 나는 정말 닭 쫓던 개 지붕 쳐다보는 심정이 되었다.

아까 서 있던 아가씨가 윤지 씨 맞나? BMW 자동차를 몰고 온 사람은 누구였을까? 혹시 윤지 씨 아빠 아니었을까? 제발 남자친구는 아니었기를……. 나는 그날 밤늦게 집에 도착하기도 했지만, 너무 궁금하여 잠을 제대로 잘 수 없었다.

다음날 나는 출근하자마자 윤지 씨에게 메신저로 메시지를 보냈다.

박상준 : 윤지 씨 안녕하세요! 출근 잘하셨어요?

나는 답 메시지가 오기를 기다렸지만 윤지 씨가 오늘 출근해서 할 일이 많은가 메신저는 잠잠하기만 하다. 답장이 온 것은 10시 30분 정도 됐을 때였다.

김윤지 : 지금에서야 메시지를 확인했네요. 아침에 상무님 회의가
　　　　　있어서 제가 좀 바빴어요.
박상준 : 오늘 점심에 같이 식사하실 수 있을까요?
김윤지 : 오늘은 회식이 있어서 어려울 것 같아요.
박상준 : 아 네 알겠습니다. 담에 시간 되실 때 연락 주세요.

나는 어제의 BMW 자동차 운전자가 너무도 궁금하여 당장이라도 13층에 올라가서 묻고 싶었지만, 스미스 상무님은

회의 중이라 하고 윤지 씨도 바쁘다고 하고 아침 내내 곰곰이 생각에 잠겼다.

어떻게 물어 봐야 할까? 윤지 씨는 원래 남자친구가 있었단 말인가? 내 차는 소나타인데 윤지 씨 남자친구는 BMW 자동차를 타고 다니는가? 나도 윤지 씨를 좋아하는데 내 맘을 알까 모를까?

그날 오후 5시쯤 윤지 씨에게 다시 메시지를 보냈다.

박상준 : 오늘 혹시 야근하시나요? 몇 시쯤 퇴근하세요?

다행히 이번엔 답 메시지가 빨리 온다.

김윤지 : 오늘 야근해야 해요. 한 8시쯤 퇴근하려구요.

나는 용기를 내어 어제 이야기를 꺼내 보기로 했다.

박상준 : 어제도 야근하신 것 같던데. 오늘도 야근이신가 봐요.

김윤지 : 아, 맞아요. 어떻게 아세요?

박상준 : 저도 어제 야근해서 집에 가는데 윤지 씨 차 타고 가시는 것 봤어요.

김윤지 : 아, 네.

박상준 : 혹시 누구 차를 타고 가신 건지 여쭤 봐도 될까요?

김윤지 : 아, 제 남자친구 차예요.

박상준 : 아, 그렇군요. 제가 몰랐었는데 남친이 있으셨군요.

김윤지 : 네.

그러고 보니 윤지 씨 손에 항상 반지가 있었는데 내가 너무 무심해서 몰랐구나 하는 생각이 그제야 들었다. 아니 남친이 있다는 걸 애써 부정하고 싶은 마음이어서 그랬나 보다. 내 맘엔 절망감이 몰려왔지만, 골키퍼 있다고 골 안 들어가냐는 이야기를 떠올리며 나의 세 번째 작전, 같이 지하철을 타고 퇴근하는 방법을 실천해 봐야겠다고 생각하며 다시 메시지를 보냈다.

박상준 : 저도 오늘 야근해서 8시쯤 끝날 것 같은데 오늘도 남친이 차로 오나요?'

김윤지 : 오늘은 그쪽도 야근이라 더 늦어서 못 온다고 했어요.

박상준 : 그럼 오늘은 저랑 같이 지하철을 타고 집에 가시죠?

김윤지 : 네, 그래요. 이따가 8시에 1층 로비에서 만나요.

나는 저녁을 먹고 8시까지 사무실에 있으면서 윤지 씨를 만나서 무슨 이야기를 어떻게 할지 계속 생각했다. 사실 6월에 13층 사무실에서 처음 당신을 만났을 때부터 당신을 사랑했노라고, 그 후 3개월 동안 계속 컴퓨터가 고장이 났던 것은 다 당신을 자주 만나기 위한 내 소행이었노라고.

나는 아직 집도 없지만, 부모님이 자그마한 전세 아파트 하나 정도는 구해 주실 수 있다고. 학교도 일류대를 나와 요즘같이 취직이 어려운 상황에 D 건설 신입사원으로 입사해서 월급도 많이 받고 있으며 나도 실은 TOEIC 900점대로 영어도 잘하고 능력 있는 사람이니 나랑 잘해 보자고…….

그렇지만 BMW 자동차를 타고 다니는 윤지 씨의 남친은 무엇을 하는 사람이고 집은 있는가, 사귄 지는 얼마나 된 거지? 우리 부모님은 시골에서 농사지으시는 분들이고 나는 대학교 때부터 서울 구의동에 혼자 살고 있는데 윤지 씨가 마음에 들어 할까?

8시가 되어 1층 로비에 가보니 윤지 씨가 먼저 와 있었다. 같이 2호선 전철을 타고 집으로 오는데 내가 내릴 강변역에 거의 다 왔다. 나는 윤지 씨에게 같이 강변역에서 내려서 카페에 가면 좋겠다고 말했다. 윤지 씨는 약간 주저하는 듯하다가 같이 강변역에서 내렸다. 나는 윤지 씨와 함께 한강 야경이 아주 아름다운 강변역 근처 멋진 카페로 갔다.

나는 어제 차 기사가 누구였냐고 물어 보려고 만나자고 한 것이었는데 본의 아니게 가족 이야기부터 나왔다. 우리 부모님은 강원도에서 농사를 지으시고 형은 자동차 회사에 다녀 울산에 있고 여동생은 아직 대학원에 다니고 있다고 했다. 부모님이 강원도에서 농사를 지으시는데 땅도 많으시고 특용작물을 많이 재배해서 돈도 많이 버신다고 하였다.

그리고 여동생이 윤지 씨랑 동갑이어서 윤지 씨를 보면 여동생 생각이 많이 난다고 이야기하였다.

윤지 씨네 가족은 어떻게 되냐고 물어 보았다. 윤지 씨는 부모님과 남동생 하나 이렇게 네 식구라고 하였다.

나는 또 남자친구에 대해서도 물어 보았다. 남친이 있는지 전혀 몰랐고 어떻게 사귀게 된 것인지 너무 궁금하다고 했다. 윤지 씨는 남친이 윤지 씨 아빠 친구분의 아들인데 남친도 변호사고 그 아빠도 변호사라고 했다. 남친은 대치동에 산다고 했다. 양가 부모님들끼리 알다 보니까 작년에 선을 봐서 사귀기 시작했단다.

"그럼 결혼은 언제 할 예정이신가요?"

나는 가장 궁금한 것을 물어 봤다.

"글쎄요, 아직은 잘 모르겠어요. 좀 더 사귀어 보려고요."

나는 궁금하던 윤지 씨 가족과 남친에 대해서도 알게 되었고 아직은 구체적인 결혼 계획이 없다는 말을 위안으로 삼았다. 윤지 씨를 잠실역에 있는 집까지 데려다 주고 다시 강변역의 내 자취방으로 돌아왔다. 아직은 시간이 있으니까 계속 윤지 씨 마음을 내 쪽으로 돌려 보자면서 잠이 들었다.

그러던 어느 날 정말로 생각지 않은 일이 생겼다. 내가 윤지 씨를 처음 만난 때가 2019년 6월이었다. 6개월이 흐른 후 중국에서 코로나19 사태가 시작되었고 우리나라를 비롯한 전 세계가 팬데믹(감염병의 세계적 유행)으로 어려움을 겪게 된 것이다. 내가 근무하던 D 건설도 대기업이었으나 코로나 사태를 맞아 우왕좌왕하였다. 사무실에서나 어디에서나 마스크를 쓰게 되는 등의 변화가 있었다. 무엇보다 사우디아라비아에서 2020년 3월에 외국인 입국 금지 명령을 내려서 사우디 건설 현장에 D 건설 스미스 상무님과 한국 기술자들이 입국할 수 없는 문제가 생겼다.

사우디 플랜트 건설 현장 담당자들은 당분간 건설 현장의 일을 사우디에 있는 인력들만으로 축소하자고 하였다. 그 결과 사우디아라비아 건설팀 일이 확 줄어들게 되었고, 가장 큰 문제는 스미스 상무님이 회사를 그만두고 미국으로 돌아간 것이었다.

윤지 씨도 회사를 그만두게 되었다. 어차피 '비정규직' 직원이었기 때문에 오래 회사를 다닐 수 없는 형편이었다. 왜 처음 입사할 때 정규직인지, 비정규직인지 꼼꼼히 따져 보지 않고 입사했느냐고 물어 보고 싶었지만 책상 정리하고 컴퓨터 반납하고 몇 가지 소지품들을 싸들고 퇴사하는 윤지 씨를 배웅할 수밖에 다른 방법이 없었다.

나는 안 그래도 윤지 씨를 D 건설 13층에서 벗어나 더 좋은 환경에서 근무하게 해주고 싶었다. 거칠고 투박한 남자 직원들 틈에서 혼자 한 송이 예쁜 꽃과도 같았던 윤지 씨를 구해 주고 싶었다고나 할까? 그러나 말단 신입사원에

불과한 내가 윤지 씨에게 새 직장을 알선해 줄 능력이 있을 리가 없었다.

D 건설은 번역사를 포함하여 비정규직 여직원들을 '서무 여직원'이라 하여 팀의 온갖 잡일을 시키고 부려먹으면서 100만 원 정도의 임금만 주었고, 여직원은 정규직이든 비정규직이든 결혼과 임신, 출산, 육아를 이유로 대부분 소리 소문 없이 회사를 그만두었다. 그 자리는 또 금방 더 젊은 여직원들로 채워졌다.

윤지 씨가 없는 회사는 너무 쓸쓸했다. 더 이상 메신저도, 매점도 나에겐 의미가 없어졌다. 스미스 상무님 대신 한국인 상무님이 그 사무실에서 일하게 되고 사우디 건설팀의 두 개의 큰 사무실은 이제 한 개만 남았다.

윤지 씨가 퇴사한 지 석 달쯤 후에 마스크를 쓰고 전에 같이 갔던 강변역 카페에서 다시 만났다. 나는 직장을 잘 알아보고 있냐고 물어 보며 잘 되길 빌고 있다고 했다. 윤지 씨는 영어 잘하는 사람을 찾는 회사들에 이력서를 넣고 있다고 했다. 그런데 코로나19 사태로 직장을 구하기가 쉽지 않았다. 사람들이 서로 만나기를 두려워하는 상황이라 새로운 직원을 구한다는 공지를 하고 면접을 보는 등의 구인하는 일을 중단한 회사가 많았다.

나는 윤지 씨에게 실은 나도 토익 900점대를 맞을 정도로 영어를 잘한다고 하면서 번역하는 회사에 입사하면 일을 도와주겠다고 했다. 윤지 씨 얼굴이 약간 밝아지면서 번역사를 구하는 회사를 알아보겠다고 했다. 그런데 잠시 후 윤지 씨 얼굴이 금방 어두워졌다. 그리고 보니 처음 만날 때부터 계속 윤지 씨 얼굴이 어두웠었다. 나는 혹시 무슨 큰 걱정거리가 있는가, 직장 구하기가 힘들어서 그러냐고 조심스럽게 물어 보았다.

윤지 씨는 머뭇거리다가 자기 집안에 닥친 어려움을 이야기해 주었다. 윤지 씨 아빠는 큰 여행사를 운영하는 사장이었는데, 최근에 코로나 사태로 국내외 항공 노선이 중단되고 외국인 입국 금지를 내리는 나라가 많다고 했다. 여행객들이 해외여행을 정상적으로 할 수 없는 상황이 되어 회사가 잠정적으로 문을 닫고 말았다는 것이다.

몇 달 치씩 밀린 국내와 해외에 있는 직원들의 월급을 겨우겨우 마련해서 집으로 돌려보냈고, 어쩔 수 없이 잠실의 좋은 아파트에서 나와 서울 북쪽 경기도에 조그만 월셋집으로 이사를 했다는 것이다. 나는 너무 놀랐지만 애써 놀란 마음을 누르며 "하늘이 무너져도 솟아날 구멍이 있다"라는 말도 있으니 윤지 씨도 곧 취직할 것이고 아빠 사업 문제도 해결이 될 것이라고 위로해 주었다. 조명이 좀 어두운 카페였지만 윤지 씨 눈에서 조금씩 눈물이 떨어지고 있는 것을 나는 가만히 지켜보고 있을 수밖에 없었다.

　　　　　　　　　　　　　　　조미구 소설

2021년이 되었다. 나는 윤지 씨를 자주 만나고 싶었지만, 같이 회사에 다닐 때만큼 자주 볼 수는 없었다. 다시 취직했다는 기쁜 소식을 기다렸지만, 여전히 별 연락이 없었다. 윤지 씨가 남친이 있다는 것은 알고 있었지만 나도 그냥 포기할 수는 없었다. 윤지 씨 집까지 가려면 사무실에서 지하철을 거꾸로 타고 북쪽으로 한참 올라가야 했지만, 그건 나에게 아무런 문제가 되지 않았다.

3월 말에 윤지 씨로부터 드디어 취직되었다는 기쁜 소식을 들었다. 내가 항상 먼저 연락하고 만나자고 해야 만날 수 있었는데, 윤지 씨가 처음으로 먼저 연락을 준 것이다. 나는 윤지 씨를 처음부터 내 연인으로 생각했지만 윤지 씨는 남친이 있으니 나를 친절한 옛 직장 동료 정도로만 생각하겠지. 나는 취직을 축하할 겸 한번 만나자고 했고, 내가 윤지 씨 집 쪽으로 가서 저녁식사를 같이하기로 했다.

나는 윤지 씨에게 지난 1년 동안 취직 준비하느라 정말 수고를 많이 했다고 하고 어떤 회사에 입사한 것이냐고 물어 보았더니 외국 문학 작품들을 번역해서 출간하거나 우리나라 작품들을 번역해서 수출하는 출판사라고 한다. 내가 전에 추천했던 대로 번역하는 회사에 입사를 한 것이다. 나는 전에 약속한 대로 번역 일을 무료로 도와주겠다고 했다. 번역 회사에 입사해서 남들보다 1.5~2배로 빨리, 많이 일하면 회사에서도 인정받고 진급도 빠를 거라고 기운을 북돋아

주었다.

　윤지 씨는 출판사에 입사해서 열심히 일하기 시작했다. 나도 내 본업은 D 건설 정보통신팀에서 일하는 것이었지만 일하는 틈틈이 그리고 퇴근 후에는 윤지 씨에게 떨어진 번역 일을 부지런히 해서 메일로 보내 주었다. 윤지 씨는 덕분에 잘 지내고 있으며 회사에서 번역 일을 빨리, 많이, 잘 해온다고 내 도움 덕에 칭찬을 많이 받고 있다고 고마워했다. 윤지 씨는 나에게 참고하라고 자기가 번역한 문학 작품들을 원작과 번역물을 같이 보내 주기도 했는데 내가 찬찬히 읽어 보니 윤지 씨가 글을 쓰는 것에도 재주가 많다는 것을 알게 되었다.

　윤지 씨에게 안부 메일을 보내면서 글을 쓰는 재주도 뛰어난 것 같으니 앞으로 그쪽으로 소질을 키워 보는 게 좋겠다고 써 보냈다. 윤지 씨는 메일에 아빠가 새로운 사업을 해서 어떻게 해서든지 기운 가세를 다시 일으켜 세우려 노력하시고 있다고 했다. 어려워진 살림에 윤지 씨가 취직을 다시 해서 월급을 받고 있으니 그나마 다행이었다.

　그렇게 세월은 빠르게 지나가 우리가 처음 만난 6월 7일이 다시 되었다. 2년의 세월이 흐른 셈이다. 그런 와중에 윤지 씨가 메일을 보냈는데 남친과 헤어졌다는 내용이었다. 자세한 사정은 쓰여 있지 않았지만 아마도 윤지 씨네 가세가 너무 기우니까 남친 부모가 결혼을 반대해서 헤어진 게 아닐까 내 나름대로 추측해 보았다.

나는 6월 7일 우리가 만난 날을 기념하고 나의 마음도 전하고자 케이크를 하나 사고 초를 두 개 준비하고 선물을 준비했다. 윤지 씨가 사는 집 근처에 있는 맛있는 음식점에서 우리는 다시 만났다. 윤지 씨는 웬 케이크며 초 두 개는 무슨 의미냐며 물어 봤다. 정말 손을 자세히 쳐다보니 전에 남친이 주었다던 반지가 없다.

"윤지 씨, 우리가 처음 만났던 금요일 오후를 기억하나요? 그날이 6월 7일이었고 오늘이 딱 2년째 되는 날이에요. 이제야 솔직히 고백하는데 나는 처음 윤지 씨를 만났던 그날부터 지금까지 윤지 씨를 마음 깊이 사랑하고 있어요."

나는 이렇게 용기를 내어 프러포즈하고 윤지 씨에게 반지와 그해의 신춘문예 당선 소설집을 선물했다.

"윤지 씨, 내가 윤지 씨가 번역한 책들을 보니까 글도 참잘 쓰시더라고요. 요즘에 신춘문예 공모전을 비롯한 다른 공모전도 많은데 한번 도전해 보는 것도 좋을 것 같아요. 신춘문예에 단편소설로 당선하면 500만 원 정도 상금을 받을 수 있고 문단에 등단해서 작가로 활동할 수 있어요. 지금은 어렵겠지만 꿈을 가지고 열심히 도전해 보세요. 아버님 사업도 다시 잘 되실 거라 믿어요."

내가 윤지 씨에게 내 속마음을 고백한 것이 그날이 처음이었는데 윤지 씨는 별 이야기 없이 저녁을 같이 먹고 집으로 돌아갔다. 그리고 그날 집에 가서 메신저로 편지를 써서 보내 줬는데 아래와 같이 쓰여 있었다.

고마운 상준 씨!
오늘 저녁 식사와 케이크 그리고 선물까지!
상준 씨의 자상한 마음이 느껴져서 저는 너무 행복했어요.
그리고 제가 직장에 있을 때도, 또 퇴사하고 집안일까지 어려워져 힘들 때도, 항상 저의 곁에 있어 주고 같이 번역 일도 도와주고 정말 고마워요. 상준 씨 조언대로 번역하는 출판사에 입사해서 회사 일들도 잘 풀리고 있으니 정말 다행이에요.
신춘문예에도 한번 도전해 볼게요.

사랑과 감사의 마음을 담아
김윤지 올림

나는 윤지 씨가 보내준 편지에 윤지 씨의 사랑과 감사의 마음이 담뿍 담겨 있는 것이 느껴져서 너무 기뻤다. 윤지 씨가 같은 직장에서 내 곁에 있어 줘서 좋았는데, 윤지 씨도 내가 곁에 있어서 좋았다고 하니 부질없는 짝사랑을 한 게 아니었나 보다 하는 생각도 들었다. 서로 마음이 통했다고나 할까?
그해 말에 응모한 J 일보 신춘문예에서 윤지 씨는 안타깝게도 떨어졌다. 하지만 그해 신춘문예에 당선한 작가 중에

러시아어 번역가가 있어서 윤지 씨도 할 수 있겠다는 자신감을 얻었다. 내년에 다시 도전해 보겠다고 했다.

윤지 씨의 앞길에 항상 밝은 빛이 비치기를, 빛길만 꽃길만 걷기를 기원하고 나는 언제까지나 윤지 씨를 지켜 주는 수호천사가 될 것이다.

♥ 아무 염려 말아요

$\circ\circ\diamond\circ\circ$

"야, 혜진아! 너 정말 어떻게 나한테 이럴 수가 있니! 결혼할 계획 없다더니, 결혼식 1주일 전까지 나한테 숨기다가 이제야 알려줘! 정말 너무하다!"

화가 머리끝까지 난 김순정이 이혜진에게 마구 소리를 질렀다.

김순정과 이혜진은 같은 고등학교를 졸업하고 같은 직장을 다니고 있는 가장 친한 직장 동료다. 둘 다 39살 동갑이고 19년째 한 직장에서 근무하고 있다. 김순정은 회장 비서로, 이혜진은 본부장 비서로 일하고 있는데 근무 중에 짬짬이 만나서 수다를 떨거나 같이 점심을 먹는 때가 많다. 여름 휴가 때 해외여행도 몇 번 같이 다녀오고 매일매일 전화로 통화하거나 메신저로도 자주 대화를 나누는 사이다. 이혜진은 김순정에게 이야기할 때 자기는 결혼 계획이 없다고 이야기하곤 했고, 늙어서도 가까운 곳에 살면서 계속 우리 우정은 변치 말자고 하기까지 했다.

그런데 그렇게 믿었던 이혜진이 결혼식 1주일 전이 돼서야 사실은 자신이 같은 본부에서 근무하는 박 과장과 결혼하게 되었다면서 김순정에게 청첩장을 준 것이다. 둘이 회사 근처 음식점에서 저녁을 먹으면서 대화하는데 김순정이 끓어오르는 화를 주체할 수가 없어서 혜진에게 마구 소리를 지른 것이다.

"순정아, 정말 미안해. 회사에 박 과장하고 사귄다고 소문이 돌았다가 헤어지기라도 하면 어떡해. 그래서 박 과장이랑 나랑 회사 사람들에게는 비밀로 하기로 하고 사귀었던 거야. 너만 몰랐던 거 아니고 회사 사람들 다 인제 알게 된 거야. 나를 좀 이해해 주고 넓은 마음으로 우리 결혼 축하해 주면 안 되겠니?"

이혜진이 전혀 미안해하지도 않고 아무렇지도 않은 표정으로 김순정에게 이야기하자, 김순정은 남자에게 배신을 당하는 것보다 더 심한 배신감을 이혜진에게 느꼈다. 김순정은 이혜진과 그 후에 무슨 이야기를 더 나누었는지, 저녁을 어떻게 먹었는지도 모르게 급히 식사를 마치고 허둥지둥 집으로 돌아왔고, 자신도 얼른 결혼해야겠다는 생각만이 머릿속에 꽉 차서 떠나지를 않았다.

김순정은 39살이 되기까지 꼭 결혼을 해야 하는가 하는 생각을 하고 있었기 때문에 그동안 남자에 대해서 별 관심도 없었고 남자를 사귀어 본 경험도 없었다. 갑작스러운 이혜진의 결혼 소식에 김순정은 큰 충격을 받았다.

김순정이 1주일 후 이혜진의 결혼식에 갔더니 같은 고등학교를 졸업했던 친구들 몇 명이 하객으로 참석했다. 김순정은 그중에서 친했던 한수영이라는 친구 옆에서 점심을 같이 먹게 되었다. 한수영은 이미 15년 전에 결혼해서 초등학교, 중학교에 다니는 자녀가 둘이나 있었다. 김순정은 한수영의 결혼식에도 참석했었기에 벌써 그렇게 시간이 흘렀나 하는 생각이 들었다. 김순정이 먼저 한수영에게 인사를 했다.

"수영아, 안녕! 우리 정말 오래간만에 만나는 것 같네. 너 결혼식 때 보고 오늘 보는 것 같은데?"

"그러게. 그게 벌써 15년 전 일인데 너도 내 결혼식 날 왔었나?"

"그럼, 갔었지!"

"아이고, 내 기억력 좀 봐라! 너무 오래전 일이라 까먹었네. 미안! 그동안 너는 어떻게 지냈니? 어쨌든 정말 반갑다!"

"나는 아직 직장 다니고 있어."

"아, 그래?"

"혜진이랑 같은 회사야."

"아, 그렇구나. 그새 나는 아이들 둘 키우는 전업주부가 됐지."

"수영아, 근데 너는 어떻게 그렇게 일찍 결혼을 잘했니? 오늘 혜진이 결혼하는 거 보니 나도 은근히 부럽네."

김순정의 말을 듣고는 한수영이 잠깐 생각을 하는 듯하다가 말을 꺼냈다.

"글쎄, 나는 결혼 잘하는 방법이 있는지 어떤지는 잘 모르겠고, 애들 아빠가 하도 나 좋다고 3년 동안이나 쫓아다니는 바람에 결혼하게 됐어. 결혼은 여자보다는 남자 쪽에서 좋아해야 잘 되는 것 같아. 그리고 남자들은 대체로 여자가 외모가 예쁘고 날씬할수록 호감을 더 많이 갖는 것 같더라.

어쨌든 순정아, 인연은 어딘가에 꼭 있는 거야! 두 눈 크게 뜨고 잘 찾아봐라! 네가 청첩장 줄 날만 기다리고 있을 테니 좋은 소식 있으면 나한테도 꼭 알려주렴."

김순정은 수영의 말을 듣고 보니 결혼에 대한 몇 가지 생각이 떠올랐다. 첫 번째로 떠오른 생각은 남자 쪽에서 적극적으로 자신을 좋아하게 해야 결혼에 성공할 수 있겠다는 것이었다. 아무리 남자가 맘에 들어도 처음부터 속이 다 들여다보이는 말과 행동을 하면 절대 안 된다. 숨기고 있다가 나중에 남자가 자신을 좋아한다는 사인을 보내면 그때 좋아하는 감정을 표현해야겠구나 하는 것이었다.

그리고 두 번째로 든 생각은 외모를 더 가꿔야겠다는 것이었다. 김순정은 회장 비서로 회사에 매일 출근하다 보니 세련되게 화장하고 단정하게 옷을 입는 것은 잘하고 있었다. 그런데 80kg이나 되는 몸무게는 어떻게 빼야 할지 자신도 방법을 몰랐다. 그리고 더 예뻐지려면 유능한 성형외과 의사의 도움을 받아야겠다는 생각이 들었다.

김순정은 대형 서점에 가서 다이어트에 대한 책을 20권이나 구입해서 어떻게 하면 살을 뺄 수 있는지 연구하고 다이어트에 좋다는 방법들을 여러 가지 실천했다. 그리고 우리나라의 유능한 성형외과 의사들이 모두 모여 있다는 압구정동으로 가서 유명한 의사와 상담했다. 김순정이 만나 본 의사는 눈에 쌍꺼풀 수술을 해서 양쪽으로 긴 눈의 모양을 좀 동그랗게 하면 인상이 좀 더 부드러워 보일 것이라고 했다. 그리고 코도 조금 높아지도록 수술하자고 제안했다. 김순정은 39살 여름휴가 때 눈과 코 수술을 하기로 예약하고 수술을 받았고 39살 내내 다이어트를 하면서 열심히 노력했다.

김순정은 이제 40살이 되었다. 39살 일 년 내내 다이어트를 했고 눈과 코 수술을 한 것도 예쁘게 자리 잡았다. 80kg이었던 몸무게도 20kg이나 줄여서 60kg이 되었다. 이제 같은 회사 남자 직원들이 김순정이 지나가면 흘낏흘낏 몰래 쳐다보는 수준이 되었다. 김순정의 외모가 39살을 지나면서 너무도 예쁘고 날씬해졌기 때문이다. 나이는

40살이 되었지만, 눈과 코를 수술해서 이목구비가 뚜렷해지자 아직도 20대로 보이는 동안 미모를 갖게 되었고 남자들의 시선을 집중시켰다. 어떤 사람들은 예쁘고 날씬한 회장 비서가 새로 왔다고 오해하기도 할 정도였다.

　김순정의 나이 40살 3월에 본인도 믿을 수 없는 일이 갑자기 벌어졌다. 김순정을 좋다고 쫓아다니는 남자가 세 명이나 생긴 것이다! 이혜진의 결혼식 날 한수영이 해줬던, 남자들은 외모가 예쁜 여자를 좋아한다는 말이 자신에게 그대로 적용된 것 같아서 김순정은 얼떨떨한 기분이었다. 나이 40이 되기까지 남자친구는 물론이고 남사친(남자 사람 친구)도 없었던 자기를 좋다고 따라다니는 남자가 갑자기 한 명도 아니고 세 명이나 생기다니 이게 무슨 횡재람!

　김순정을 좋다고 따라다니는 첫 번째 남자는 같은 회장 비서실에 근무하는 직원이 소개해 준 사람이었다. 소개받은 사람은 공무원인지라 직장이 탄탄했고 그동안 직장 생활을 하면서 모은 돈으로 아파트도 하나 갖고 있는 사람이었다. 남자들이 보통 결혼 전에 돈을 모으기 쉽지 않다는 것이 정설인데 이 사람은 착실하게 자신이 번 돈을 모아서 아파트를 샀고 통장도 여러 개 관리하는, 아주 성실하고 재테크에도 능한 사람이었다.

　그 남자는 김순정을 처음 만나자마자 맘에 들어 했고 바로 결혼하자고 하였으나 한 가지 문제점이 있었다. 키가 김순정보다 작다는 점이었다. 김순정은 본인이 키가 작은 것에 대해서 열등감이 있는데 장래의 남편감도 키가 작은 것은 더욱 못마땅했다. 김순정이 엄마에게 첫 번째 남자에 대해서 이야기했더니 외모가 중요한 것이 아니라면서 다른 조건이 다 좋으니 계속 잘해 보라고 했다. 김순정은 첫 번째 남자의 키가 맘에 안 들었지만 강하게 인연을 끊어 버리지는 못하고 가끔 연락하고 지내는 사이를 유지했다.

두 번째 남자는 헬스클럽에서 알게 된 사람이었다. 김순정은 러닝머신과 자전거로 운동하는 방법은 알았지만, 헬스클럽에 있는 다른 운동기구들의 사용 방법은 잘 몰랐다. 김순정이 헬스클럽에서 러닝머신과 자전거를 타고 운동을 한 후에 잠시 쉬고 있는데, 한 남자가 다가와서 운동기구들에 대해서 하나하나 친절하게 설명을 해주었다. 그리고 이 기구들로 운동을 하면 어디가 운동이 되고 좋다는 것도 알려주었다.

김순정은 '아마도 트레이너인가 보다. 알려줘서 고맙네.'라고 생각했는데 알고 봤더니 그 사람도 같은 동네 사는 주민이었고 퇴근 후에 운동하러 오는 사람이었다. 김순정이 매일 회사 끝나고 저녁 7시쯤 운동하러 가면 그 남자도 와 있어서 자주 만나다 보니 친해지게 되었다. 둘은 운동 후에 편의점에서 간단히 간식도 같이 먹는 사이가 되었다.

김순정은 그에게 처음 만났을 때 운동기구들에 대해 친

절하고 자세하게 설명해 줘서 고마웠다고 하면서 트레이너인 줄 알았다고 했다. 남자는 멋쩍게 웃으면서 그냥 자신이 호의로 한 행동이었다며 예쁜 아가씨에 대한 예의였다고 했다. 김순정은 그 말을 듣고는 이 남자도 나한테 좋은 감정이 있나 보다 하는 생각이 들었는데, 이 사람도 한 가지 문제점이 있었다.

알고 봤더니 여자를 만나서 사귀는 것은 좋아하지만 결혼해서 가정을 꾸리는 것에는 관심이 없는 비혼주의자였다. 김순정은 자신과 결혼할 남편감을 찾고 있던 차라 몇 달 동안 다녔던 헬스클럽을 그만 다니고 다른 곳으로 옮기면서 두 번째 남자와의 인연을 정리했다.

세 번째 남자는 김순정의 엄마가 소개한 사람인데 엄마 친구의 친구 아들이었다. 김순정의 엄마는 첫 번째 남자와 김순정이 잘 되기만을 기다리고 있었는데 진도가 잘 안 나가니까 기다리지 못하고 또다시 새로운 상대를 소개한 것이었다.

그는 대기업에 다니고 부모님도 모두 소득이 있는 유복한 집안이었다. 그리고 김순정이 첫 번째 남자의 가장 큰 문제라고 생각했던 키도 180cm로 적당했다. 세 번째 남자는 김순정을 몇 번 만난 후에 호감을 표시하고 매일 김순정이 퇴근을 할 때쯤 되면 자기 차를 타고 와서 회사 앞에서 기다리곤 했다. 6개월 동안 매일 김순정을 만나러 오는 세 번째 남자에게 김순정도 마음이 열렸다.

김순정은 세 번째 남자와 결혼하기로 결심하고 첫 번째 남자와의 관계도 정리했다. 김순정의 나이 40살 9월에 드디어 감격스러운 결혼식을 올리게 된 것이다. 김순정은 자신의 청첩장을 기다리고 있겠다고 했던 한수영을 첫 번째로 결혼식에 초대했고 작년에 결혼한 이혜진에게도 청첩장을 보냈다.

김순정은 결혼한 후에도 계속 직장을 다녔다. 그런데 또 한 가지 문제점이 생겼다. 생각만큼 임신이 빨리 안 되는 것이었다. 결혼한 지 1년이 지났는데 나이는 많아져 가고 양가 부모님은 손자손녀를 언제쯤 볼 수 있을까 궁금해했다.

김순정은 그동안 임신과 출산에 대한 생각이나 계획이 전무했기에 그런 쪽으로는 알고 있는 정보가 전혀 없었다. 그런데 결혼을 한 후에 관련 정보들을 인터넷과 책들을 통해서 알아보니 놀라운 내용들이 많았다.

김순정이 알게 된 임신과 출산, 육아에 대한 정보들은 다음과 같은 것들이었다. 난자는 여자의 난소에서 만들어지는데 여성이 생리를 하는 임신 가능한 기간에 300~400개의 난자가 만들어지고 배란을 통해 배출된다. 여성이 폐경이 되면 난자가 더 이상 배출될 수 없으므로 임신 또한 불가능해진다.

만 35세 이상의 임신을 노산이라 하는데, 노산의 경우 자연 임신할 가능성이 현저히 떨어지고 유산 및 태아의 선천적 이상 확률 증가, 고혈압·당뇨 등 합병증 위험성이 증가한다. 남자 또한 연령이 높을수록 정자의 DNA 손상 가능성이 높아진다.

하지만 희망적인 정보도 있었으니 노산인 경우에도 산전 검사, 정기 검사를 철저히 하고 임신 전 영양제 복용, 표준체중 관리, 운동, 건강한 식습관을 유지한다면 건강하게 출산할 수 있다고 했다.

한국 나이로 41세(만 39세)가 된 김순정은 바로 자신이 노산에 해당하는 나이인 것을 깨닫고 왜 진작에 일찍 결혼하고 아이를 빨리 낳을 생각을 못 했을까 반성이 되었지만 어쩔 수 없었다. 김순정은 남편과 상의해서 더 늦기 전에 난임 병원에 다니면서 임신을 시도해 보기로 했다.

난임 병원에서는 인공수정과 시험관 시술 두 가지 방법이 있는데, 김순정 부부의 경우는 고령인 것을 고려하여 시험관 시술을 시도해 보자고 하였다.

김순정 부부는 여러 번 시험관 시술을 시도했으나 계속 실패하여 약간 의기소침해졌다. 하지만 난임 병원에 다닌 지 딱 1년 되는 날 시험관 시술을 다시 했는데 며칠 후 아침에 임신 테스트기로 확인을 해봤더니 선명한 두 줄이 나왔다! 부부는 긴가민가하면서 난임 병원을 찾아가서 다시 한 번 피검사를 했고 드디어 임신에 성공했다는 기쁜 소식을 확인했다. 며칠 후에 초음파로 아기집을 확인해 봤더니 아기집 3개가 자리를 잡고 있었다! 세 쌍둥이를 임신한 것이었다! 최대한 임신 확률을 높이겠다고 시험관 시술을 할 때 배아 세 개를 이식했는데 그게 다 임신이 된 것이다.

김순정의 남편도 같이 초음파로 아기집 세 개를 보았는데 혹시 한 개가 뒤에 숨어서 네 쌍둥이려나 하는 농담까지 했다. 김순정은 세 쌍둥이를 임신해서 그런가 다른 임산부들에 비해서 배가 많이 불러 왔다. 해외여행 다니는 것을 좋아해서 임신 중에 일본과 동남아 여행을 다녀오고 싶어 했지만, 세 쌍둥이와 본인의 안전을 위해서 출산 후에 가는 것으로 마음을 돌렸다.

김순정의 남편은 세 쌍둥이를 임신했다는 것을 알게 되자마자 모든 집안일을 자기가 하겠다고 하였다. 그는 결혼 전에 혼자 독립해서 자취 생활을 했던 경험이 있어서 요리도 맛있게 잘했다. 남편은 요리, 청소, 빨래, 설거지, 쓰레기 버리기 등의 모든 집안일을 혼자서 다 처리했다. 김순정은 정말 편한 몸과 마음으로 세 쌍둥이 태교에만 집중할 수 있었고, 정말 좋은 남편과 결혼했다고 하나님께 감사했다.

김순정 부부는 세 쌍둥이를 임신했다는 소식을 우선 양가 부모님께 제일 먼저 알렸다. 양가 부모님은 세 쌍둥이 키우기가 세 배로 어렵겠지만 세 배로 보람 있을 것이라고 하면서 기쁜 마음으로 축하해 주었다.

    김순정은 임신 중에도 계속 직장을 잘 다녔다. 다행히 처음에 입덧을 하지 않았는데 세 쌍둥이를 배에 넣고 직장을 다니다 보니 몸이 무겁고 움직이기가 힘들었다. 김순정의 남편이 출퇴근할 때 차로 태워 줘서 그나마 다행이었다. 하지만 임신 12주 차에 접어들자 회사 다니기가 너무 힘들었다. 아침에 일어나기도 힘들고 사무실에서도 쉽게 피곤해졌다. 남편이 태워 주는 차 안에서도 멀미가 나기 시작했다. 김순정은 다니는 산부인과도 난임 병원에서 종합병원으로 옮겼고, 모시는 회장에게 사실은 자신이 세쌍둥이를 임신 중이며 임신 중 육아휴직을 이번 달부터 사용하면 좋겠다는 것을 알렸다.

    회장은 요즘같이 우리나라 출산율이 갈수록 낮아지고 결혼도, 임신도, 출산도 안 하려고 하는 세상에서 세 쌍둥이를 임신했다니 김순정 부부는 정말 애국자라고 칭찬을 해주었다. 그리고 회사 일은 걱정하지 말고 아기들과 산모의 건강을 최선을 다해 관리해서 꼭 순산하라고 하였다.

    김순정은 20년 넘게 직장을 계속 다녔는데 이렇게 육아휴직을 받아서 매일 집에서 쉬게 되니 너무 기쁘고도 감사했다. 육아휴직 수당도 나오니 더욱 감사했다. 전에 다이어트를 할 때 책을 많이 읽었던 것처럼 이번에도 대형 서점과 동네 도서관에 가서 임신, 출산, 육아에 대한 책을 많이 사오거나 빌려 읽으면서 앞으로 태어날 삼둥이들을 어떻게 잘 키울지 준비했다. 삼둥이들을 키우려면 돈이 많이 들 것에 대비해서 이번에는 서점에서 책을 다 사오지 않고 도서관에서 빌려 볼 수 있는 책들은 빌려봤다.

김순정의 남편은 삼둥이들의 태명을 금이, 은이, 별이로 지었다. 김순정이 왜 금이, 은이, 동이가 아니고 별이냐고 하니까 남편이 웃으면서 금이랑 은이랑 별은 다 반짝거리니까 찬란하게 반짝거리는 행복한 삶을 사는 삼둥이들이 되라고 그렇게 지었다고 했다. 김순정은 삼둥이들 태교에 좋은 동화, 시집, 수필집, 소설 등을 열심히 읽었고, 남편도 삼둥이들 들으라고 재미있는 동화들을 김순정의 배에다 대고 크게 읽어 주곤 하였다. 다른 사람들은 아이 셋을 낳으려면 시간이 오래 걸리는데 우리는 이렇게 1년에 세 명을 다 낳고 정말 행복한 사람들이라고 부부는 긍정적으로 생각하기로 했다.

임신 16주가 되었을 때 병원에 가보니 성별을 알려주는데 금이, 은이는 여자아이고 별이는 남자라고 하였다. 김순정의 남편은 딸을 꼭 하나 낳았으면 했는데 둘이나 생겼다고 기뻐했고, 게다가 다 딸이 아니고 아들도 하나 있으니 더욱 잘 됐다고 하였다.

임신 7개월이 될 때까지는 큰 문제 없이 모든 일이 순조

롭게 잘 지나갔다. 김순정과 남편은 1주일에 한 번씩 병원에 가서 삼둥이들의 씩씩한 심장 소리를 들으며 아이들이 잘 자라고 있는 것을 확인하면서 안도했다. 김순정은 아이들이 눌러서 그런가 자다가 팔이 저리고 다리에 쥐가 나는 경우가 있었다. 그럴 때면 김순정의 남편은 자다가도 벌떡 일어나서 마사지를 해주면서 남편으로서 해야 할 도리를 다했다.

이제 삼둥이들 성별도 알게 된 만큼 김순정은 아이들이 태어나면 필요하게 될 물건들을 3개씩 준비하기 시작했다. 차에 태울 카시트도 3개가 필요했고 배냇저고리도 젖병도 숟가락도 3개씩 필요했다.

그런데 임신 7개월에서 8개월로 접어들려고 하는 시점에 갑자기 큰일이 벌어지고 말았다. 이른 새벽에 다급하게 남편을 깨우는 김순정의 목소리에 남편은 무슨 일인가 하고 얼른 일어났다. 침대에서 일어나 앉은 남편은 새빨간 피가 침대보에 묻은 것을 보고 기절할 만큼 깜짝 놀랐다.

"아니, 여보 어떻게 된 거야?"

"양수가 터졌나 봐요. 어젯밤에 조금 이슬이 비쳤었는데 지금 일어나 보니 이렇게 피가 많이 나왔어요."

"아, 혹시 삼둥이들이 지금 나오려고 하는 걸까? 우선 병원에 전화부터 하고 빨리 병원으로 갑시다."

김순정은 피 묻은 옷을 갈아입고 깨끗한 패드를 차고 병원으로 향했다. 남편은 병원으로 전화해서 김순정이 양수가 터졌나 보다고 이야기하고 지금 출발한다고 했다. 병원에서는 당직 의사가 있으니 걱정하지 말고 조심해서 오라고 하였다. 병원은 집에서 20분 거리였다. 시계는 아직 새벽 4시 30분을 가리키고 있었다. 부부에게 병원까지 가는 길은 한 시간도 더 걸리는 것같이 길게만 느껴졌다. 둘은 하나님께 삼둥이들과 산모 모두 건강하기를 기도하고 또 기도했다.

김순정이 병원에 도착했더니 당직 의사가 기다리고 있었다. 당직 의사는 자궁문이 벌써 조금 열렸고 양수가 터져 나왔으니 우선 입원해야 한다고 했다. 김순정은 어젯밤에 조금 이슬이 비친 정도였는데 새벽에 이렇게 갑자기 양수가 많이 터져 나오는 경우도 있냐면서 눈물을 흘렸고, 남편은 당직 의사 선생님이 있으니 걱정하지 말라면서 김순정을 진정시켰다. 김순정은 병원 고위험 산모실에 입원하였는데 배가 뭉치는 느낌과 함께 배를 쥐어짜는 듯한 고통이 오기 시작하였다.

아침이 되어 담당 의사가 출근하자 초음파로 삼둥이들의 심전도와 심박수를 확인하면서 산모와 삼둥이들의 상태를 점검했다. 아직 임신 7개월째여서 삼둥이들은 엄마 자궁 밖으로 나올 준비가 다 되지 않은 상태였다. 몸무게도 1.7kg 정도였고 호흡을 잘할지도 알 수 없는 상황이었다.

담당 의사는 삼둥이들이 최대한 엄마 자궁 속에 있다가 나오는 것이 좋다고 하면서 일주일 정도 기다려 보자고 하였다.

병원에 입원한 지 1주가 지났을 때 담당 의사는 더 이상 기다리면 안 되겠다면서 제왕절개 수술을 하여 금이, 은이, 별이는 세상에 태어났다. 셋 다 몸무게가 1.8kg 정도였는데 스스로 호흡을 잘하지 못해서 인큐베이터에 들어갔다. 삼둥이들은 인큐베이터에 두 달 동안 있다가 퇴원했는데 다행히 셋 다 건강한 상태로 잘 지내다가 퇴원했다. 삼둥이들이 인큐베이터에 두 달 동안 지낸 비용은 자그마치 1인당 3천만 원씩 9천만 원이나 되었다. 부부의 월급을 아무리 모아도 충당이 불가능할 만큼 천문학적으로 큰 비용이 든 것인데, 우리나라 보험에서 신생아들의 인큐베이터 비용을 대부분 내주기 때문에 본인 부담금은 100만 원 정도만 들어서 너무너무 다행이었다.

김순정의 남편도 김씨인데 부부는 삼둥이들의 이름을 짓느라고 오래 생각하다가 태명과 비슷하게 김금주, 김은주, 김동주로 지었다.

김순정의 회사 동료 중에 세 쌍둥이를 낳은 경우는 회사 창립 30년 만에 처음 있는 일이었다. 삼둥이들이 집에 도착한 지 며칠 지났을 때 회장이 직접 김순정의 집을 방문하여 아기들의 탄생을 축하하였다. 김순정의 회사에는 사내 방송도 있어서 카메라맨들과 아나운서들이 회장과 함께 김순정의 집을 방문하여 인터뷰를 했다.

"김순정 과장님, 건강한 세 쌍둥이를 낳으시고 정말 축하드립니다! 우리 회사 창사 이래로 세 쌍둥이가 태어난 것은 처음 있는 일이라고 하는데요. 소감 한 말씀 부탁드립니다."

"제가 세 쌍둥이를 임신하고 낳기까지 어려운 일도 많았고 세 배의 고통이 따랐습니다. 하지만 이렇게 건강하게 아기들이 잘 자라는 모습을 보며 세 배의 기쁨을 느끼고 있어요. 앞으로도 아기들을 키우는 데 어려운 일들이 있을 수도 있겠지만 계속 잘 키워 보겠습니다."

"요즘 우리나라 젊은 청년들이 결혼도, 임신도, 출산도 잘 안 하려고 하는 세태인데 이런 사람들에게 한 말씀 하신다면 어떤 말씀을 하고 싶으신지요?"

"제가 경험해 보니 결혼은 무조건 하는 것이 좋은 것 같아요. 그런데 임신과 출산은 태어난 아기들을 책임지고 잘 키워야 하니 부담스럽게만 생각된다면 안 하는 것이 맞다고 생각합니다. 하지만 임신과 출산에 대해서 긍정적인 생각을 하는 분이라면 한 살이라도 젊을 때 빨리 결혼과 임신과 출산을 하라고 충고하고 싶네요. 제가 40살이 돼서야 결혼을 하고 쉴 틈 없이 임신과 출산의 과정을 거쳐 보니 노산이 아주 힘들었어요."

"아, 그렇군요. 좋은 말씀 감사하고요, 이렇게 인터뷰에 응해 주셔서 감사합니다."

그리고 회장과 사내 방송 관계자들이 삼둥이들을 둘러보고 인터뷰 후에 돌아가려고 하는 줄 알았는데, 갑자기 아나운서가 한 가지 깜짝 이벤트가 있다고 하였다.

"회장님께서 특별히 삼둥이 가족에게 줄 선물을 준비해 오셨습니다. 지금 전달하도록 하겠습니다."

커다란 스케치북 정도 크기의 두꺼운 종이에 "세쌍둥이 탄생 축하 선물"이라고 맨 위에 적혀 있고 그 밑에는 "금 1억 원"이라고 분명히 쓰여 있었다. 회장은 그 두꺼운 종이와 봉투 하나를 삼둥이 부모에게 전달했는데 봉투에는 1억 원짜리 수표 한 장과 짧은 편지가 들어 있었다. 삼둥이 부모는 회장이 돌아간 후에 수표에 쓰인 동그라미가 여덟 개가 맞는가 보고 또 봤는데 동그라미 여덟 개, 1억 원이 정말 맞아서 깜짝 놀랐다! 안 그래도 김순정 부부는 세 명의 아기를 한꺼번에 어떻게 키우나, 경제적으로 많이 어렵지는 않을까 걱정이 많았다.

회장이 주고 간 편지에는 이렇게 쓰여 있었다.

김순정 과장,

세 쌍둥이를 출산한 것을 진심으로 축하합니다. 그리고 20년 넘게 나의 비서로 하루도 빠짐없이 충실하게 자신의 역할을 잘 감당한 보답으로 이 축하 선물을 드립니다.

부디 금주, 은주, 동주를 잘 키워서 우리나라 큰 기둥들로 잘 자라게 하기를 기대하겠습니다.

이제 삼둥이들의 부모가 된 김순정 부부는 당장 삼둥이들을 키우느라 정신이 없겠지만 당분간 둘 다 육아휴직하고 두 명의 산후도우미들의 도움을 받아 가며 키우기로 했다. 아이들의 분윳값, 기저귓값, 옷값 등 나가는 비용도 만만치 않지만, 회장의 통 큰 선물 덕에 삼둥이들 키우는데 경제적으로 큰 걱정 없이 키우게 되어 정말 감사하다고 생각했다.

♥ 첫눈에 천생연분

김석훈은 형제정형외과 방사선사다. 그는 병원에서 X-ray, MRI, CT, 초음파 등의 장비를 가지고 환자들을 촬영하고 검사하는 일을 하고 있다. 가장 많이 오는 환자들은 사고로 넘어져서 팔이나 다리가 골절된 환자들, 허리가 아픈 디스크 환자들, 그리고 무릎 수술을 받으러 오는 환자들이다.

　김석훈이 자신의 직업에 대해서 가장 아쉽게 생각하는 점은 환자들과 많은 대화를 나누지 못하는 것이다. 김석훈은 사람들을 만나서 이야기하며 사귀고 노는 것을 아주 좋아하는 사교적인 성격이다. 그런데 병원에서 그가 환자들과 하는 이야기는 고작

　"숨 참으세요."

　"오른쪽으로 누우세요."

　"다 됐습니다."

　"내려오세요."

이런 정도였다. 그렇게 촬영이 끝나면 혼자서 긴 시간 필름들을 가지고 분석하는 일을 했다. 김석훈은 속으로 이런 생각을 하곤 했다.

'내 인생에는 뭔가 새로운 재미가 필요해! 소금을 치든가 후추를 좀 쳐야 한다고!'

하루는 김석훈이 병원에서 당직을 서고 있을 때였는데, 밤 12시경에 여동생 석희의 전화가 왔다.

"오빠, 병원 이름이 어떻게 되지? 지금 오빠네 병원 찾아가려고 해."

"형제정형외과야. 근데 이렇게 밤늦게 무슨 일이야?"

"같이 스키 타러 온 친구가 발목을 다쳤어. 스키장 근처 병원들이 다 문을 닫아서 오빠네 병원으로 가려고 하는 거야. 거기 야간 진료 하지?"

"응, 야간 진료 하지. 지금 내가 당직 서고 있으니까 얼른 병원 잘 찾아와라. 도착할 때쯤 전화해."

김석훈의 여동생은 2월 말에 결혼을 앞두고 있었다. 결혼하기 전에 친한 친구들과, 그리고 결혼할 남자친구와 다 같이 좋은 추억을 만들고 오겠다고 어제 스키장으로 출발했다. 그런데 그 친구 중의 한 명이 중급자 코스에서 스키를 타고 내려오는데 뒤에서 스키 초보자가 중심을 잃고 빠르게 내려오다 부딪쳐서 발목을 다친 것이었다. 김석훈이 여동생 친구의 발목을 X-ray로 촬영했더니 양쪽 발목이 다 부러졌다.

형제정형외과는 5~7층에 입원실이 있는 큰 병원이었다. 여동생 친구는 병원 5층에 한 달 동안 입원하게 되었다.

　김석훈의 여동생 석희는 가끔 친구를 문병하러 병원을 찾았다. 친구의 이름은 최사랑이었다.

　"오빠, 사랑이가 혼자 병실에 있으면 심심할 테니까 가끔 가서 인사도 하고 잘 지내나 봐주면 좋겠어. 사랑이가 나랑 고등학교 때부터 제일 친한 친구란 말이야."

　"그래, 알았다."

　김석훈은 음료수를 한 박스 사서 사랑이를 만나러 갔다.

　"안녕하세요, 최사랑 씨. 저는 석희 오빠 김석훈입니다. 우리 병원 처음 왔을 때 사랑 씨 X-ray 제가 찍었는데 기억나요? 석희가 사랑 씨와 고등학교 때부터 제일 친한 친구라고 잘 대해 주라고 해서 인사하러 한번 찾아왔어요."

　"아, 감사합니다! 혼자 병실에 누워 있으려니 심심했는데 이렇게 와주시고 정말 감사드려요! 제가 지금 인터넷에서 재미있는 아재 개그 수수께끼를 보고 있었는데 한 번 맞춰 보실래요? 동생과 형이 싸우는데 동생 편만 드는 것은 뭘까요?"

　"하하, 잘 모르겠는데요?"

　"'형편없다'래요, 호호. 그럼, 자가용의 반대말은요?"

　"……."

　김석훈이 대답을 못 하고 웃기만 하자, 사랑이가 크게 웃으며 답을 말했다.

"'커용'이래요. 그럼, 고기만두가 고기보고 하는 말은 뭘까요?"

"그것도 답을 전혀 모르겠네요."

"'내 안에 너 있다'래요, 호호호. 세 문제 다 틀리셨으니 그 벌로 내일 또 방문해 주셔야 합니다, 크크큭. 내일 또 아재 개그 수수께끼 문제 낼 테니 잘 맞히시길요."

최사랑은 김석훈과 단둘이 처음 이야기하는데도 전혀 낯을 가리지 않고 썰렁한 농담들을 이것저것 늘어놓았다. 게다가 답을 알아맞히지 못했다고 내일 또 오라는 당돌한 이야기까지 했다. 김석훈은 참 맹랑한 아가씨라고 생각하면서 2층 영상의학과로 돌아왔다.

다음날 오후 12시 30분쯤 김석훈이 최사랑의 병실을 또 방문했다. 어제 수수께끼를 못 맞힌 벌로 꼭 만나러 다시 오라고 했으니 점심시간에 잠시 만나려고 간 것이다. 사랑이는 김석훈을 반가이 맞으면서 아재 개그를 또 늘어놓았다.

"송해 할아버지가 목욕하면 어떻게 될까요?"

"글쎄요, 깨끗해지겠죠, 하하."

김석훈이 정답을 말하지 못하자 사랑이가 웃으며 정답을 알려주었다.

"'뽀송뽀송해'가 답이래요, 호호. 그럼요, 오이가 무를 때렸는데 다음날 신문에 어떤 기사가 났을까요?"

"······."

김석훈은 답을 알아낼 생각은 못 하고 사랑이를 쳐다보며 웃기만 했다.

"정답은 '오이무침'이래요. 정말 재밌죠?"

"네, 아주 재밌네요. 사랑 씨는 재미있는 이야기를 정말 많이 알고 있네요. 그런 이야기는 어떻게 알았어요?"

"인터넷에 유머 사이트도 있고 재미있는 이야기들을 모아 놓은 책들도 있지요. 그럼 한 문제만 더 내볼게요. 세상에서 제일 맛있는 라면은 무슨 라면일까요? 이것도 정말 모르셔요?"

"글쎄요······."

"정답은 바로바로······ '함께라면'이랍니다. 이 문제도 못 맞히셨으니 저 퇴원하면 라면 꼭 사주세요, 호호."

"아, 정말 사랑 씨는 재치가 있네요! 병원에서는 웃을 일이 별로 없는데 덕분에 웃고 지내네요. 앞으로도 재미있는 이야기 많이 들려 주세요."

"네, 그럴게요."

김석훈은 석희의 요청대로 사랑이의 병실에 가끔 방문해서 대화를 나누었다. 김석훈은 안 그래도 병원 업무가 지루했는데 사랑이를 만나서 이야기하는 시간만큼은 아주 즐거웠다.

그다음 날은 석희가 사랑이를 만나러 왔다. 사랑이는 석희에게 이건 진짜 일급 비밀이라고 하면서 몰래 고백하였다.

"석희야, 너의 오빠 정말 잘생기고 멋지시더라! 키는 크고, 얼굴은 작고도 하얗고, 거기에다가 멋진 금테 안경에 몸은 호리호리하고. 내가 하는 말도 친절하게 잘 들어 주시고 정말 내 이상형이야! 너의 오빠랑 나랑 잘됐으면 정말 좋겠어!"

"와, 진짜! 눈이 천장에 붙은 사랑이가 이게 웬일이니? 근데 너 우리 오빠 병원에서 일한다고 의사들처럼 돈 많이 버는 줄 알고 그러는 것 아냐? 오빠는 방사선사라서 의사들만큼 수입이 많지 않은데 괜찮겠어?"

"꼭 의사처럼 돈을 많이 벌어야 하는 건 아니지! 나도 직장 다녀서 돈 버니까 같이 맞벌이하면 되지 뭐."

"그래? 너 나중에 후회하기 없기야."

"그래, 알았어. 걱정하지 마."

"야, 그러면 네가 내 올케언니가 되는 거네?"

"그렇지! 그리고 너는 내 시누이가 되는 거지! 아, 그리고 너 결혼식이 2월 말이잖아. 내가 너 결혼식 축가 하기로 한 거 기억하지? 내가 너의 최애 베프(가장 사랑하는 단짝 친구)인데 내가 꼭 축가를 불러 줘야지. 그렇지?"

"사랑아, 너의 마음은 고맙지만, 네가 이렇게 양쪽 발목이다 부러져서 병원에 입원하고 있는데 어떻게 축가를 하겠니? 결혼식 때까지 깁스도 못 풀고 퇴원도 못 하잖아?"

"아냐, 방법이 있을 거야. 하여간 축가는 내가 꼭 해줄 테니 석희 너 다른 사람한테 맡기면 절대 안 된다. 알겠지?"

석희는 자신의 결혼식에 축가를 꼭 해주겠다고 고집을 피우는 사랑이를 이해할 수 없었다.

'깁스를 하고 축가를 부르겠다는 건지 사랑이는 왜 고집을 부릴까?'

사랑이는 무남독녀 외동딸로 귀하게 자라서 그런가 가끔 고집을 심하게 부리고, 자기 하고 싶은 대로 모든 일을 하려고 하는 경향이 있었다. 또 석희는 사랑이가 자기 오빠한테 반했다더니 앞으로 졸졸 쫓아다니려나 어쩌려나 그것도 걱정이 됐다.

석희가 병실을 왔다 간 다음날 아침에 5층 병실 담당 간호사가 김석훈을 찾아왔다.

"김석훈 선생님, 혹시 5층 503호 환자 최사랑 님이라고 아세요?"

"아, 네. 제 여동생 친구예요. 무슨 일이죠?"

"오늘 아침에 최사랑 님이 김석훈 선생님께 꼭 할 말이 있다고 하면서 언제 시간 나실 때 꼭 방문해 달라고 전해 달라고 간청하더라고요."

"아, 네. 알겠습니다. 점심시간에 잠깐 가보죠."

김석훈은 그날 오후 12시 30분경에 사랑이의 병실을 방문했다. 김석훈이 병실에 들어서자 사랑이는 활짝 웃으며 반갑게 인사했다.

　"오빠, 바쁘실 텐데 이렇게 와주셔서 정말 감사해요. 어제 석희가 왔었어요. 석희 결혼식이 2월 말이잖아요. 오빠도 아시겠지만, 저랑 석희랑 고등학교 때부터 제일 친한 친구여서 서로 결혼할 때 꼭 축가를 해주자고 약속했었거든요."

　"아 그랬어요? 근데 지금이 2월 초인데 결혼식 때까지는 깁스도 못 풀 텐데 어쩌죠?"

　"그래서 생각을 해봤는데 앉아서 노래 부르는 것을 상체만 촬영하고 결혼식 날 축가 시간에 그 동영상을 예식장에서 모두 함께 보도록 하면 될 것 같아요."

　"석희 결혼식에 축가를 꼭 해주고 싶은 마음은 잘 알아요. 하지만 두 다리 다 깁스를 하고 사랑 씨가 이렇게 입원해 있는데 석희도 이해할 거예요. 축가를 못 해준다고 사랑 씨랑 석희의 우정이 변하는 건 아니잖아요. 축가는 포기하기로 하죠."

　"아니에요, 할 수 있어요! 〈너는 나의 기적이야〉라는 노래를 오빠랑 같이 축가로 꼭 불러 주고 싶어요!"

　그러면서 사랑이는 김석훈에게 전화번호를 알려 달라고 하고는 유튜브에서 〈너는 나의 기적이야〉라는 노래의 뮤직비디오를 보내 주었다.

"병원에서 오빠랑 저랑 같이 노래 연습할 만한 장소가 있을까요?"

김석훈은 잠시 생각해 보다가 한마디 했다.

"병원 옥상에 공원이 있는데 거기는 사람들이 자주 다니지 않으니 연습 장소로 괜찮을 것도 같네요."

김석훈은 사랑이가 아재 개그를 해줘서 병원 생활이 조금 재밌어졌는데 사람들 몰래 둘이 조용히 노래도 같이 부르게 되다니 생활에 더 큰 활력소가 생긴 것 같았다. 사랑이는 석희를 위해서 결혼식 축가를 부르는 것이지만, 한편으로는 김석훈과 함께 노래를 부르면서 자연스럽게 친해지고 싶어서 축가를 하겠다고 고집을 피운 것이었다.

노래 가사는 남자랑 여자랑 만나서 사랑을 하게 된 것이 꿈만 같고 기적인 것 같다고 한다. 서로에 대한 사랑을 고백하고 둘의 사랑이 이루어지는 해피엔딩으로 노래는 끝난다.

김석훈은 사랑이가 노래를 아주 잘한다는 것을 알게 되었고, 사랑이의 바람대로 사랑이의 노래하는 모습에 반하게 되었다. 김석훈은 병원 근처 사진관에 가서 사랑이가 원하던 대로 깁스가 안 보이게 둘이 축가를 부르는 모습을 동영상으로 촬영한 다음 석희에게 파일을 보내 주었다.

석희는 결혼식을 무사히 잘 마쳤고, 얼마 지나지 않아 사랑이도 깁스를 풀고 병원에서 퇴원해 집으로 돌아갔다.

김석훈의 병원 생활은 아재 개그를 해주고 함께 노래도

부르곤 했던 사랑이가 퇴원하자, 다시 옛날의 평범했던 생활로 돌아갔다. 하지만 이제는 사랑이와 언제든지 핸드폰으로 전화 통화도 할 수 있고 퇴근 후에 만나서 데이트도 할 수 있으니, 옛날과는 다른 행복한 하루하루를 보내게 되었다.

석희가 신혼여행에서 돌아온 후에 김석훈은 자신도 사랑이와 결혼하겠다고 가족들에게 당당히 이야기했다. 석희는 김석훈과 사랑이가 사귄 게 병원에 입원해 있었던 고작 한 달 동안인데 너무 급한 결정인 것 같다고 말했다.

"아니 오빠는 사랑이가 그렇게 좋아? 오빠랑 사랑이랑 잘 맞는다고 생각해?"

"그럼! 사랑이가 아주 밝고 명랑하잖아. 난 사랑이만 있으면 우울했던 기분도 좋아진다구. 사랑이는 나의 에너자이저야!"

"사랑이가 재밌는 친구이긴 한데, 무남독녀 외동딸로 자라서 좀 고집이 세고 애기 같은 면이 있어. 오빠가 사랑이랑 결혼하면 그런 면 때문에 오빠가 힘들 수도 있다구. 그리고 한 6개월 내지 1년은 사귀어 봐야 상대방에 대해서 제대로 알 수 있지. 나는 오빠가 결혼을 너무 서두르는 것 같은데?"

"사람이 장점도 있고 단점도 있는 거지 완벽한 사람이 어디 있겠어. 사랑이가 결혼하면 나아질 수도 있지. 진정한 사랑은 모든 어려움을 이겨내는 거 아니겠어? 그리고 너도 벌써 결혼했는데 내가 결혼을 늦출 이유는 조금도 없다고 생각해.”

김석훈은 결혼을 좀 천천히 시간을 두고 하라는 석희의 조언에도 사랑이와의 결혼을 신속하게 추진해서 같은 해 7월에 결혼식을 올리기로 했다. 그리고 석희 커플이 신혼여행을 베트남으로 다녀왔다고 사랑이가 김석훈에게 우리도 꼭 해외로 가자고 해서 신혼여행지를 일본 오사카로 정했다.

김석훈이 신혼여행을 가려고 확인해 보니 둘 다 여권이 만료되어 여권부터 얼른 만들어야 비행기표를 살 수 있었다. 김석훈이 부랴부랴 둘의 여권을 신청해서 만든 후에 오사카로 가는 패키지여행 상품을 검색해 보았더니 이미 예약이 다 끝난 상태였다.

김석훈은 자유여행으로 다녀올 수밖에 없다고 생각하면서 호텔과 비행기를 예약하고 오사카 지하철 노선도와 지도를 구입하는 등 오사카 여행 준비를 차근차근 해나갔다. 그는 히라가나와 가타카나를 간신히 읽는 수준으로 일본어 실력이 부족했지만 번역기 앱이 한국어를 일본어로 바꿔 주는 기능이 있으니까 지나가는 행인들에게 물어물어 여행을 다닐 수 있으리라 생각했다. 여행비도 사랑이는 전혀 내지 않고 김석훈이 다 준비해서 환전까지 마쳤다.

3박4일의 신혼여행 동안 김석훈이 지나가는 일본 사람들에게 번역기 앱을 들이대며 물어 보고, 손짓발짓 해가며 의사소통을 해서 지하철 한 번 잘못 타는 일도 없이 여행을 잘했다. 그리고 꿈같은 신혼여행이 금방 다 지나가고 다시 한국으로 돌아가는 마지막 날 아침이 되었다.

이제 한국으로 잘 돌아오기만 하면 되는데 새벽부터 강풍이 불고 강한 비바람이 몰아쳤다. 비행기가 아침 10시에 출발하니까 8시까지는 공항에 가야 하는데 사랑이가 아무리 깨워도 일어나지를 않았다. 김석훈은 사랑이를 '여보야'라고 불렀다.

"여보야, 인제 얼른 일어나요. 10시에 비행기가 출발하니까 두 시간 전인 8시까지는 공항에 가야 해요."

사랑이는 어제 늦게까지 야경을 둘러보고 호텔로 돌아와서 그런가 김석훈이 깨우는데도 일어나지를 못한다. 김석훈은 사랑스러운 아내에게 강하게 일어나라고 하지 못한다. 결국 사랑이는 공항에 도착해야 하는 시간인 8시가 돼서야 일어났다.

"어머! 오빠! 우리 8시까지 공항에 가야 한다면서 내가 8시에 일어났으니 어떡해요?"

"그러게, 여보야. 내가 아까 깨울 때 일어났어야지 이제 일어나면 어떡해요. 공항에 가서 다음 비행기를 타든지 하여간 얼른 공항으로 갑시다."

호텔에서 공항까지는 지하철로 1시간 30분이나 걸렸다. 사랑이는 지하철 안에서 김석훈에게 졸리다, 배고프다, 언제 내리냐, 다리 아프다 하면서 마치 철없는 어린 딸이 아빠

한테 하는 것 같이 응석을 부렸다. 김석훈은 그래도 그 모습이 사랑스럽기만 한지

"여보야, 조금만 기다려요. 이 지도 보니까 몇 정거장만 지나면 공항이래요."

하면서 달랬다.

강한 비바람을 맞으며 공항에 도착해 보니 9시 40분인데 김석훈과 사랑이가 예약한 비행기는 날씨가 안 좋아서 그런가 다행히 연착이었다. 예정 시간보다 두 시간이나 늦은 12시에 비행기가 출발해서 한국으로 무사히 잘 돌아왔다. 좌충우돌 김석훈이 고생해서 준비하고 다녀온 신혼여행은 그렇게 막을 내렸다.

신혼여행을 다녀온 지 일주일이나 지났을까. 하루는 사랑이가 김석훈에게 집안일을 나눠서 하자고 제안하였다.

"오빠, 나도 직장 다니고 오빠도 직장 다니니까 우리 집안일을 공평하게 나눠서 하기로 해요."

"오케이! 좋아요. 여보야는 어떻게 했으면 하는데요?"

"설거지하고 집 청소, 빨래는 내가 하고 오빠는 쓰레기 버리기 하고 화장실 청소요. 그리고 아침하고 저녁은 같이 먹어야 하니까 아침은 내가 하고 저녁은 오빠가 준비하는 걸로요."

"그래요. 여보야가 원한다면 그렇게 해요."

김석훈은 아무 생각 없이 사랑이가 하자는 대로 다 동의하였으나 사실 더럽고 힘들고 어려운 집안일은 김석훈이 다 하는 셈이었다. 둘의 집에는 식기세척기와 세탁기에 건조기도 있고 로봇 청소기도 있으니 설거지와 빨래, 청소는 가전제품이 다 해주는 것이었다. 그리고 식사도 저녁 메뉴를 생각해서 준비하는 것이 어렵지 아침 메뉴는 간단히 빵이랑 우유 같은 것으로 때울 수도 있으니 다 사랑이가 편한 대로 집안일을 정한 것이었다.

김석훈은 매일 저녁 퇴근 전에 오늘은 또 무엇을 먹나 고민하게 되었고, 장보고 저녁 요리를 하는 데 시간을 많이 쓰게 되었다. 또 쉬 더러워지는 욕조와 화장실 바닥을 닦고 음식물 쓰레기를 비롯한 온갖 더러운 집안 쓰레기를 버리는 일을 해야 했다.

사랑이가 인터넷으로 택배를 많이 시켰기 때문에 택배를 포장한 상자들이 재활용 쓰레기로 많이 나왔는데, 그것들을 모아다가 버리는 일도 다 김석훈이 하게 되었다. 그리고 처음에는 설거지를 사랑이가 하겠다고 하였으나 나중에 말을 바꿔서 식기세척기는 하루에 한 번만 돌리면 되니까 김석훈이 저녁식사 후에 그날 설거지를 한꺼번에 다 돌리라고 하였다. 결국 설거지도 김석훈의 몫이 된 것이다.

김석훈은 신혼여행 다녀올 때 사랑이가 여행 준비를 하나도 안 하고 본인이 다 했던 것과 여행 마지막 날 지하철

안에서 사랑이가 너무 아기처럼 군 것이 다시 생각났다. 그리고 이번에 집안일 나눈 것도 사랑이가 너무 이기적으로 자기 편한 대로 정했다는 것을 깨닫고 억울하다고 생각하게 되었다. 석희가 결혼 전에 사랑이가 아기 같은 면이 있어서 결혼하고 후회하게 될 것이라고 했던 이야기가 생각났다. 하지만 이미 엎질러진 물이라 다시 되돌릴 수는 없었다.

김석훈은 이제 어떡하면 사랑이를 변화시켜서 공평하게 집안일 하게 하고 자신은 좀 편하게 지낼 수 있을까 고민하게 되었다. 가장 큰 고민은 매일매일 맛있는 저녁식사를 준비하는 것이었다. 평일에도 주말에도 저녁식사 당번은 김석훈이기 때문이다. 김석훈은 동생 석희에게 고민을 털어놓았다.

"석희야, 실은 내가 사랑이 때문에 고민이 많아."

"왜, 오빠? 무슨 일 있었어?"

"사랑이가 집안일을 공평하게 나눠서 하자고 해 집안일을 나눴는데 나만 어려운 일을 많이 맡아서 하는 것 같아서 너무 힘들어. 매일 저녁을 나보고 준비하라고 해서 내가 하고 있거든. 나도 직장에서 일하고 집에 가서는 좀 쉬면서 사랑이가 해주는 밥 먹고 싶은데 매일 내가 해야 하니 너무 힘드네."

"으이그, 오빠. 요즘 얼마나 음식 해 먹기가 쉬운데 그런 말을 해. 1주일에 한 번 정도 외식을 해. 반찬가게도 많이 있잖아. 배달 앱도 있으니 여러 가지 음식들 다 배달시켜서 먹을 수도 있고. 반조리 식품하고 밀키트(바로 요리 세트)라는 것도 다양해서 돈만 있으면 먹을 거는 천지야. 집으로 매일 매일 반찬이 다양하게 배달 오는 서비스도 있어."

석희는 그러면서 자기가 주로 사용하는 쇼핑 앱과 배달 앱들을 알려주었다. 평소에 집에서 해 먹는 건강한 요리들을 선호해 왔던 김석훈은 좀 못마땅하긴 했으나 석희가 가르쳐준 정보들을 활용하여 저녁식사를 준비하기로 했다. 그래서 저녁식사 준비하기가 좀 수월해지긴 했다.

그런데 그것으로 끝이 아니었다. 사랑이가 집 청소를 자신이 하겠다고 했으면서 그것도 김석훈에게 미루는 것이었다. 김석훈은 아주 깔끔한 성격이라 집 바닥에 머리카락이 돌아다니고 택배 상자가 여기저기 굴러다니는 꼴을 참고 볼수가 없었다. 결국 김석훈이 1주일에 한두 번씩 로봇 청소기를 돌려 가며 청소도 하게 되었다. 사랑이가 맡아서 하는 일은 결국 아침식사 준비랑 빨래 정리뿐이었다.

김석훈이 자신이 하는 집안일이 많다고 억울해하면서 지낸 지 몇 달이 지나갔다. 신혼 초반에 달달한 사랑의 기운으로 해냈던 집안일이 이제는 너무 버겁기만 했다. 김석훈은 더 이상 사랑이를 '여보야'라고 다정하게 부르지 않았다.

그러던 어느 날 병원에서 근무하고 있는데 사랑이의 전

화가 왔다.

"오빠, 한 가지 기쁜 소식이 있어요!"

"음, 무슨 일이야?"

김석훈은 무뚝뚝하게 전화를 받았다.

"오늘 아침에 임신 테스트기로 검사를 했더니 두 줄이 나왔어요! 그래서 잠깐 회사 근처 병원에 다녀왔는데 벌써 임신 5주째래요, 오빠! 우리가 애기 엄마 아빠가 된다니 너무 기뻐요!"

"아, 정말! 정말 기쁜 일이네! 오늘 퇴근해서 일찍 집에 갈게. 같이 축하하자구!"

김석훈은 사랑이의 임신 소식에 너무너무 기뻤다. 다시 사랑이를 좋아했던 신혼 초의 사랑이 되살아나는 것도 같았다. 그리고 "여자는 약하지만, 어머니는 강하다"라는 말도 있지 않은가! 이제 사랑이가 아기 엄마가 되는 것 아닌가. 앞으로는 분명히 집안일도 잘 챙겨서 하고 아기 보는 것도 잘하고 현모양처가 될 거야. 그럼 나는 집안일에서 놓여나고 여유 있게 지낼 수 있겠지!

김석훈은 기쁜 마음에 정육점에 가서 스테이크를 사고 서점에 가서 임신육아 가이드북을 사고 태교 일기 공책도 하나 샀다. 집에 와보니 사랑이가 먼저 와 있었다.

사랑이와 김석훈은 저녁거리로 사온 스테이크를 먹으면서 이야기를 나누었다. 김석훈이 먼저 이야기를 꺼냈다.

"사랑아, 벌써 임신 5주째라니 너무 기쁘다. 이제 한 아이의 엄마가 된다니 기분이 어때?"

"오빠, 아직은 얼떨떨해요. 그런데 임신 중에는 먹는 것도 조심하고 집안일, 회삿일 하는 것도 다 조심해야 한대요. 오빠가 집안일 계속 잘 도와줬으면 좋겠고 아기가 태어나면 매일 목욕도 시켜 줘야 한다던데 목욕은 오빠가 해주면 좋겠어요. 그리고 요즘 남자들도 직장에서 육아휴직 준다면서요. 오빠도 육아휴직 하면서 같이 아기 잘 키우기로 해요."

사랑이가 한 아기의 엄마이자 집안일도 잘하는 아내로 거듭났으면 했던 김석훈의 바람은 이렇게 물거품이 되고 말았다. 대신 아기가 하나 생기면서 집안일과 아기 목욕시키는 일과 이유식까지 김석훈이 맡아서 하게 될지도 모르겠다.

내일이면 사랑이가 말괄량이에서 현모양처로 변하려나, 언제나 변할까, 김석훈은 오늘도 부부의 저녁식사와 아기의 출산을 준비하며 생각에 잠긴다. 김석훈은 내일 병원에 출근하면 육아휴직에 대해 알아봐야겠다고 핸드폰에 메모를 해놓고 잠자리에 들었다.

♥ 뜻이 있는 곳에
길이 있다!

"김상은 씨는 임신을 포기하시는 것이 좋겠습니다. 병의 재발을 막기 위해서 매일 약을 드셔야 하는데 약 복용 중에 임신하게 되면 건강하지 않은 아기가 나올 확률이 정말 높아집니다. 저도 책임질 수가 없어요."

　의사는 만날 때마다 앵무새같이 똑같은 말을 반복했다.

　오늘도 남편과 함께 병원을 찾은 상은은 마음이 편치 않다. 상은은 조울병 환자로 대학교 3학년인 23살 때 조울병이 발병한 후 33살이 된 지금까지 10년 동안 입원 치료와 통원 치료를 계속하고 있다. 남편과 30살에 결혼했는데 조울병 약을 하루에 다섯 알씩 먹고 있다 보니 임신을 계속 미루고 있다. 남편과 상은은 모두 자녀를 갖게 되기를 간절히 원하고 있었다. 그런데 조울병 약을 먹으면서 임신하게 되면 아기의 건강을 책임질 수 없다고 담당 의사가 극구 임신을 반대했다.

　"우리가 이렇게 선생님을 찾아뵙는 것은 여기가 우리나

라 최고의 병원이고 선생님도 우리나라 최고 전문가이시기 때문입니다. 분명히 건강한 아기를 낳아서 키울 방법이 있을 거예요. 제발 도와주십시오."

답답한 남편이 나서서 도움을 청하는 말을 했다.

"입양해서 키우시는 것도 한 가지 방법이지요. 그리고 자녀가 꼭 있어야 하나요? 요즘에는 자녀 없이 행복하게 잘 사는 딩크족(자녀를 두지 않는 맞벌이 부부)도 많잖아요."

의사의 제안에 상은의 얼굴이 일그러지면서 눈물이 주르륵 흘러내린다.

'아, 내가 그 여행만 안 다녀왔어도! 이 지긋지긋한 조울병에 걸리지만 않았어도!'

상은은 23살인 대학교 3학년 때 혼자서 유럽 여행을 두 달 동안 다녀온 이후 갑자기 조울병에 걸렸다. 의사들도 특별한 원인을 알 수 없다고 했다. 33살인 지금까지 10년 동안 상태가 나빠지면 입원해서 1주일 정도씩 치료를 받았다. 평소에는 하루 다섯 알씩 약을 먹으며 조울병 환자로서의 삶을 살고 있다.

의사에게 또 한 달치 약을 받고 집으로 돌아가는 길. 남편과 상은 둘 사이에는 아무런 말이 없다. 저녁식사를 함께 하면서도 정적만이 흐른다.

상은의 주치의가 알려준 바에 따르면 조울병 환자들은 대부분 정상적인 삶을 살아가기가 매우 힘들다고 한다. 재발 확률도 아주 높고 극단적인 선택을 하는 사람들도 많다. 제대로 학교를 졸업하고 오랫동안 직장을 다니는 사람도 드물고 결혼을 오래 유지하는 사람들도 별로 없다. 아이를 낳아 제대로 키우기도 힘들다. 조울병 환자의 5% 정도만이 직장도 있고 결혼도 하고 아이들도 있다니, 어쩌다 내가 이런 대책 없는 병에 걸렸는가 상은은 절망했다.

상은은 어렸을 때부터 행복하고 평범한 가정에서 자라났다. 부모님은 아주 사이가 좋으셨다. 상은은 이런 모습을 보면서 자신도 성인이 되면 꼭 결혼해서 행복한 가정을 이루고 자녀도 꼭 한 명 이상 낳아야겠다고 결심했다. 요즘같이 결혼도 잘 하지 않고 아기도 잘 낳지 않는 세상에서 상은은 전통적인 가치관과 소망을 가진 사람이었다.

그런데 무슨 이유에서, 왜 이런 일이 상은에게 일어났는지는 아무도 알 수 없지만, 유럽 여행을 다녀온 이후 갑자기 조울병이라는 무서운 꼬리표가 상은을 따라다니게 됐다. 두 달 동안 혼자서 배낭을 메고 영국, 프랑스, 스페인, 독일, 이탈리아, 그리스 등을 여행하고 돌아온 것이 너무 몸에 무리가 되었던 것 같다. 그리고 유럽 여행을 다녀온 후 한국 생활에 다시 잘 적응해야 했는데, 상은은 학교 공부에 집중하지 못했다.

알바를 해서 돈을 모아 비행기표를 사서 이번에는 미국 여행을 가겠다는, 현실에 부적응하는 모습을 보이기도 했다.

그래서 1주일 동안 한숨도 자지 않고 인터넷 검색을 하면서 돈을 벌 수 있는 아르바이트 자리를 구한다고 갖은 노력을 다했다. 대학교 3학년이라 학교 공부도 할 것이 무척 많았고 공대를 다녔기에 밤을 새워서 실험하는 과목들도 있었다. 과외도 두 건이나 하고 있었다.

상은이 이렇게 잠도 안 자고 잔뜩 무리를 하면서 1주일을 보내자, 옆에서 그 모습을 지켜보고 있던 엄마와 크게 다투게 되었다. 엄마는 넓은 세상 구경하고 많이 배우고 오라고 유럽 여행을 보내 줬더니 돌아와서 이게 무슨 일이냐, 너를 도대체 이해할 수 없다고 했다. 이제 유럽 여행에서 돌아왔으니 다시 한국 생활에 적응해서 학교 공부도 열심히 하고 과외도 잘 가르쳐야 하지 않겠냐는 것이 엄마의 주장이었다.

상은은 이런 엄마의 말에 잔소리하지 말라고 괴성을 지르면서 집을 나갔고, 저녁 늦게 돼서야 다시 돌아왔다. 상은은 며칠 동안 방에 틀어박혀서 나오지도 않고 엄마가 해주는 밥도 먹지 않았다. 상은의 부모와 언니는 이런 상은을 어떻게 해야 하나 가족회의를 하고 고민하다가 우리나라에서 가장 크고 실력이 좋다는 병원의 폐쇄 병동에 입원을 시켰다. 의사들이 진단한 병명은 조울병이라 했다.

상은은 조울병 초기에 이 병에서 벗어나고자 갖은 노력을 다했지만, 절망도 많이 했다. 건강했던 나의 모습으로 돌아가는 방법은 없을까? 좋은 대학에 다니면서 창창한 미래가 보장된 삶을 살던 대학생이었는데 어떻게 갑자기 정신병원 폐쇄 병동에 3개월씩이나 입원하는 환자가 됐을까? 또 퇴원 후에도 하루도 빠짐없이 약을 먹어야 하는, 조울병 환자로서의 삶을 사는 자기 자신이 너무 절망스러웠다. 정신과 의사들은 처방한 약을 절대 한 알도 쉽게 줄여 주거나 끊어 주지 않았다.

상은은 퇴원하고 대학을 다시 다니기 시작했으나 학교생활에 잘 적응하지 못했다. 대학교 4학년 어느 날 하루 종일 수업을 빠지고 학교 근처 카페 구석에 혼자 앉아 있었다. 그 카페는 책꽂이에 여러 가지 책이 잔뜩 꽂혀 있었다. 상은은 이 책 저 책 뒤적거리며 방황의 시간을 보냈다. 밤 9시쯤 되어 카페 문을 닫는다고 하여 나오게 되었다. 그런데 마침 거리에서 어린 자녀들과 엄마, 아빠가 행복하게 손을 잡고 다정하게 이야기를 나누며 지나가는 모습을 보게 되었다.

'아, 나도 집에 엄마, 아빠가 있는데……. 오늘 하루 내가 왜 그랬을까?'

상은은 자신을 반성하고 집으로 돌아왔다. 집에는 시집간 언니가 오랜만에 와 있었다.

"엄마, 상은이 왔어요!"

하면서 언니가 상은을 반긴다. 알고 봤더니 그날 시험 보는 과목이 있었는데 상은이 오지 않아서 같은 과 친구가 상은의 엄마에게 전화를 걸었다는 것이다. 가족들은 경찰서에 실종 신고를 하고 상은을 하루 종일 찾았다. 멀리 시집간 언니까지 상은이 없어졌다고 하자 걱정이 되어 친정집에 와 있었다. 다행히 엄마와 언니 모두 어디 갔다 왔냐고 꼬치꼬치 캐묻지 않고

"돌아왔으니 잘했다! 잘 돌아왔어, 상은아!"
하고 넘어갔다.

하지만 그때 이후로도 상은은 조울병에 묶여 사는 자기 자신을 한탄하며 우울한 기분에서 쉽게 벗어나지 못하고 괴로워했다.

상은이 학교생활에 잘 적응하지 못하고 성적도 잘 받지 못했지만, 시간이 흘러 졸업할 때가 다가왔다. 졸업이라고 생각하니까 취직은 잘해야겠다는 오기가 생겼다.

'조울병 환자의 5%만이 행복하게 산다는데 나는 그 5% 안에 드는 사람이 되자! 내가 조울병 때문에 대학에서는 성적이 안 좋았지만, 고등학교 때 공부를 잘할 때는 전국에서 3% 안에 드는 성적을 받기도 하지 않았는가!'

상은은 정성을 다해 입사 원서를 써서 회사 50곳에 냈고, 그중 서류 전형에 합격한 10여 개 회사에서 면접을 봤다. 그리고 누구나 부러워할 만한 많은 연봉을 받는 좋은 조건으로 취직하게 되었다. 상은은 어렵게 취직이 됐으니 이제

어려운 일이 다 지나갔으려니 하고 생각했다.

그런데 상은이 25살에 취직한 이후에도 병은 시도 때도 없이 재발했다. 이번에 퇴원하면 다시는 병원에 입원하지 않으리라 다짐했지만, 병은 1년에 한 번 꼴로 계속해서 재발했다. 한 3일을 제대로 잠을 자지 못하고 무리를 하면 병은 너무도 쉽게 재발했다.

상은은 직장에서 1년에 휴가를 10일 쓸 수 있는데 꼭 여름휴가 때 아니어도 언제든지 필요하면 쓸 수 있었다. 상은은 한번 입원하면 딱 1주일만 입원하고, 퇴원하고 나오면 정상 생활로의 복귀가 가능했다. 그래서 다행히 직장에 자신의 병을 알리지 않고 계속 다닐 수 있었다.

상은은 회사에서 봉사활동을 했는데 지적장애 장애인들이 20여 명 있는 시설에 가서 그들을 도왔다. 두 달에 한 번씩 마지막 주 목요일에 정기적으로 방문했다. 나중에 상은의 남편이 된 남자친구는 다른 직장 소속이었는데, 같은 날 그 시설을 방문하여 알게 되었다. 상은과 상은의 남자친구는 같이 장애인들의 식사를 도와주고 이불도 빨아 주고 청소도 하면서 서로 비슷한 점이 많다는 것을 알게 되었다. 종교도 둘 다 기독교였고, 그동안 읽은 책도, 관심사도 비슷했다. 그래서 다른 날 단둘이 따로 만나 차도 마시고 식사도 하고 영화도 같이 보면서 사귀게 되었다.

상은은 남자친구를 알게 되면서 그가 또 다른 봉사활동

들도 하고 있고 어려운 이웃을 위해 기부도 많이 한다는 것을 알게 되었다. 상은은 그런 모습이 참 존경스러웠다. 남자친구는 행복한 부모님의 모습을 보고 자라서 자신도 행복한 가정을 꿈꾼다는 상은의 이야기가 맘에 들어 상은에게 호감을 느끼고 있었다. 그래서 하루는 남자친구가 상은에게 먼저 진지하게 사귀고 싶다는 제안을 했다. 상은은 1주일 동안 생각할 시간을 달라고 하고 그 후에 다시 만나자고 했다.

그런데 둘이 본격적으로 사귀려고 생각하다 보니 상은의 마음에 자신의 조울병이 생각났다. 의사들에게 하도 조울병이 대책 없이 두려운 병이라는 말을 귀에 못이 박히도록 들은지라 남자친구에게 미리 말해야겠다고 생각했다. 상은의 조울병에도 불구하고 남자친구가 자신을 계속 만나 줄 것인지 상은은 불안하고 자신이 없었다. 상은은 1주일 동안 매일 새벽기도에 나가 하나님께 기도드렸다. 이 사람이 하나님이 예비하신 짝이라면, 함께 조울병도 이겨 나갈 힘이 있는 강한 정신력의 소유자라면, 계속해서 잘 사귀게 해달라고 말이다.

조용한 피아노 소리가 흐르는 카페에서 둘은 다시 만났다. 커피를 마시며 상은은 이야기를 꺼냈다.

"이장원 씨, 지난번에 만났을 때 저와 진지하게 사귀고 싶다고 말씀하셔서요. 1주일 동안 기도하며 생각해 봤어요. 저도 장원 씨 너무 좋아하는데요. 우리 앞에 한 가지 큰 문제가 있어요. 제가 23살 때인 대학교 3학년 때부터 조울병이란 병이 생겨서 아직도 약을 먹고 병원에 다니고 있거든요. 장원 씨에게 이 사실을 먼저 알려 드려야겠다고 생각해서 말씀드려요."

남자친구는 조울병이 무언지 몰라 상은에게 설명을 부탁했고 상은은 그동안 병원 의사들에게 들어서 알고 있는, 환자의 5%만이 행복하게 살아간다는 조울병에 관해 설명했다. 남자친구는 자신도 3일 정도 생각해 보고 다시 만나자고 했다.

3일 후 다시 만났을 때 남자친구는 이렇게 이야기했다.

"지난번에 만났을 때 상은 씨가 조울병이라고 해서 많이 놀라고 걱정한 것은 사실이에요. 그래서 저도 인터넷에서 조울병이 무슨 병인지 찾아보고 앞으로 제가 남편이 되어 상은 씨를 도와주고 감당을 할 수 있을지 생각해 봤답니다.

제가 내린 결론은 상은 씨가 조울병을 앓으면서도 3년 이상 직장에 잘 다니고 있고, 평소 상은 씨의 성격이나 행동을 볼 때 제가 충분히 감당할 수 있겠다는 생각이 들었습니다. 같이 계속 잘 사귀길 원해요."

상은은 이런 남자친구의 이야기를 듣고 뛸 듯이 기뻤다. 지금은 남편이 된 남자친구는 그때부터 인터넷으로 조울병에 대한 정보를 수집했다. 둘은 2년 동안의 연애 기간을 보내고 결혼했다. 남편은 상은의 담당 의사도 함께 만나 조울병에 대해서 이것저것 물어 보기도 하고 도움을 요청하기도 했다.

　이제 결혼한 지 3년이 지났는데도 아이가 없자, 상은은 직장을 그만두기로 했다. 남편은 주치의도 바꿔 보자고 했다. 분명히 아이 낳는 것을 도와줄 의사와 약이 있을 것이라고. 남편은 자신이 최근에 검색한 인터넷 기사에서 조울병에 효과가 아주 좋은 신약이 개발되었다는 것을 읽었다면서 새로 의사를 만나면 그 신약에 관해서 물어 보자고 했다.
　상은이 다녔던 병원은 우리나라에서 제일 큰 대학병원이자 병원비도 제일 비싼 병원이었다. 의사들도 다 최고 일류 의사들이었다. 하지만 진지하게 상은의 이야기를 들어주고 상은 부부가 지금 가장 원하는, 아이 낳는 문제를 도와줄 의사는 그 병원에 없었다. 의사들은 상은의 병이 재발하지 않고 부부 관계를 좋게 유지하며 건강하게 사는 것이 중요한 것이지 그 이상의 욕심을 내지 말라고 했다. 그래서 병원 크기와 상관없이 상은의 이야기를 잘 들어주고 도와줄 의사와 병원을 검색해 보았다.
　집에서 30분 정도 차로 가면 젊은 여자 정신과 의사가 운영하는 병원이 있었다. 상은 부부는 그 병원에 가서 그동안의 경과를 이야기하고 조울병에 특효약으로 나온 신약 기사를 보여 주며 의사에게 도움을 청했다. 의사가 자신도 그

기사를 봤으며 그 약에 대해 알고 있다고 했다. 그 신약을 임신 중에 먹으면 태아에게 문제가 없지 않겠냐고 물어 봤다. 의사는 그 약은 아직 나온 지 얼마 안 돼서 임신 중에 문제가 있는지 없는지 밝혀지지 않았다고 했다. 임신 중에 계속 그 약을 먹으려면 약을 200mg 이하로 먹으면서도 병이 재발하지 않고 유지를 할 수 있어야 한다고 했다. 그리고 같이 먹고 있는 다섯 개 약의 투약을 다 중지하고도 재발하지 않고 임신을 유지할 수 있어야 한다고 했다.

상은은 신약을 먹기로 하고 우선 하루에 500mg을 먹기로 했다. 경과를 봐가면서 200mg까지 약을 줄이면 그때 임신하기로 했다. 상은은 몸무게도 줄이고 약도 줄여 가면서 임신을 준비하며 건강한 몸 상태를 유지하기 위해 노력했다. 같이 먹던 다섯 개의 약도 끊었다. 상은과 상은의 남편은 건강한 아기를 임신하게 된다는 기쁨에 벌써 아기 옷과 신발을 비롯한 아기용품들을 사 모으면서 꿈을 키웠다.

그렇게 8개월 정도 지났는데 상은과 남편을 힘들게 하는 일이 갑자기 터지고 말았다. 상은의 조울병이 재발해서 병원에 다시 입원하게 된 것이다.

의사는 임신하기 위해 약을 무리하게 줄여서 이런 일이 생긴 것 같다면서 신약과 함께 다섯 개의 약도 다시 먹도록 처방했다. 이렇게 약을 많이 먹으면서는 절대 임신할 수가 없다. 상은은 언제까지 기다려야 건강한 아기를 임신하고 낳을 수 있을지 마음이 급했다. 남편은 아직 우리는 젊고 건강하니 걱정 없다고 하면서 퇴원해서 다시 약 조절을 잘해서 임신하면 된다고 상은을 위로하였다. 그리고 이제 직장도 안 다니니 마음 편히 쉬고 돌아오라고 했다.

아기를 갖게 되리라는 기대를 잔뜩 품고 있다가 다시 폐쇄 병동에 홀로 입원하고 정신없는 환자들과 함께 있으려니 상은은 눈물만 나왔다. 대부분의 환자들이 아주 불행하고 대책 없는 스토리의 주인공들이었다. 어떤 아가씨는 40살이 넘도록 직장도 없고 결혼도 못 하고 엄마와 둘이 산다는데, 알고 봤더니 외모는 예쁘장한데 어쩌다가 알코올중독이 돼서 술을 끊지 못해 폐쇄 병동을 제집 드나들 듯이 오락가락하는 환자였다. 또 어떤 환자는 자신과 마찬가지로 조울병 환자였는데 남편과 이혼하고 친정 부모님과 살고 있다고 했다. 알고 봤더니 남편과 이혼한 이유가 이 환자의 정신병과 자녀가 없는 것 때문이었다. 이 환자를 보니 상은의 뇌리에 의사들이 이야기했던 조울병 5%의 법칙이 다시 떠올랐다. 상은은 긴 시간 침대에 홀로 누워 눈물을 흘렸다.

상은은 1주일간 입원 치료를 받고 집으로 다시 돌아왔다. 그 후에도 계속해서 외래로 정신과를 다녔는데, 한 가지 희망적인 케이스를 알게 되었다. 상은이 병원에 입원할 때 같이 입원한 어떤 환자가 하나 있었다. 그 환자는 아기를 낳자마자 입원한 산모였는데 아주 정신없는 행동을 많이 했다.

상은이 퇴원한 후 한 달쯤 지나 외래에 약 받으러 가는 날 그 환자도 병원에 나타났다. 그녀는 자기가 낳은 딸을 유모차에 데리고 왔는데, 아주 정상적으로 행동하는 것으로 보아 이제는 다 나았다는 것을 알 수 있었다. 그렇게 정신 없고 증상이 심했던 환자가 다 낫고 아기도 잘 키우는 모습을 보면서 나도 그렇게 하리라는 희망이 상은의 마음을 아주 밝게 해주었다.

상은은 의사에게 그 환자에 대해 이야기하면서 자신도 건강한 아기를 꼭 낳고 싶다고 다시 한 번 이야기했다. 의사는 임신 기간이 9개월인데 상은이 이렇게 재발이 잘 되니 임신해서 아기를 낳기가 참 힘든 경우라고 이야기했다. 우선 500mg 신약과 다섯 개의 약, 도합 6개의 약을 꾸준히 잘 먹어서 1년간 재발하지 않고 잘 견디면 그 후에 다시 시도해 보자고 하였다.

상은은 남편에게 병원에서 만났던 아기 엄마 환자를 이야기하면서 힘을 내자고 하였다. 상은의 남편은 아내의 병이 자주 재발하고 약 때문에 또 당분간 임신을 못 하게 되자 매우 섭섭했던 것이 사실이었다. 이런 일이 생길 줄은 꿈에도 생각하지 못했던 일이었다. 게다가 시부모님은 손자의 탄생을 간절히 기다리고 있었다. 남편은 이런 답답한 속사정을 부모님께 말씀드릴 수 없어 상은의 입원을 비밀에 부치는 수밖에 없었다. 상은의 남편은 내면이 강한 사람이었지만 계속되는 병의 재발과 그것으로 인해 계속되는 임신 연기는 남편을 거의 멘붕(멘탈 붕괴) 상태로 만들었다.

상은은 조울병 환자들이 자신의 체험을 쓴 책들을 읽어 보았다. 어떤 조울병 환자이자 의사인 사람이 쓴 책을 보니 자신이 조울병 환자이기 때문에 자녀 낳는 것을 포기했다는 내용이 있었다. 하지만 그 의사는 조울병 의사로 근무하면서 한평생을 환자들의 치료를 위해 왕성하게 활동해 왔음을 알 수 있었다.

그리고 영국의 어떤 여자 환자가 쓴 책을 보니까 그 책에는 같은 조울병 환자인 남편을 만나서 결혼해 아이도 둘이나 낳고 잘살고 있다는 내용이 있었다. 상은은 그 책을 읽으면서 건강한 아기를 출산하겠다는 희망을 절대 버리지 않고 노력하리라 다시 다짐했다. 남편에게도 그 책 이야기를 하면서 아이 갖는 것을 포기하지 말자고 했다.

상은은 의사의 지시를 따라 1년 동안 하루 6개씩 꾸준히 약을 잘 먹었고 재발하지 않고 잘 버텼다. 상은은 6개월 후에 신약을 200mg 먹으면서 임신을 시도해서 드디어 임신하는 데 성공했다. 상은은 태어나서 처음 해보는 임신이라 임신에 대한 책들을 구해서 열심히 읽고 주의 사항들을 빠짐없이 실천하였다. 임신 초기에는 혹시라도 조산할 수 있으니, 운동을 많이 하면 안 된다고 하였다. 그리고 임신

7개월 정도부터는 자연분만하려면 열심히 걷고 운동을 많이 해서 아기가 자궁 아래쪽으로 내려오도록 노력해야 한다고 쓰여 있었다.

상은은 자연분만이 태아에게나 산모에게 좋다는 것을 알고 자연분만 전문 산부인과를 일부러 찾아가서 도움을 청했다. 그리고 자연분만을 하면 하룻밤만 병원에 입원했다가 바로 퇴원하기 때문에 제왕절개 수술 하는 사람들보다 비용도 훨씬 절약된다는 것도 알게 되었다.

상은은 임신 중에 아주 조심해야 하는 또 한 가지를 책에서 알게 되었는데, 임산부가 항우울제를 복용하면 자폐증 유발 위험을 높인다는 것이었다. 정신과 의사와 상담하면서 지금 복용하고 있는 신약이 항우울제 성분을 포함하고 있느냐고 문의하였더니 그렇지는 않다고 하였다. 그런데 만약 조울병 환자인 상은이 갑자기 극도로 우울한 기분에 빠지게 되면 항우울제를 투여하는 것을 고려하게 되므로 항상 좋은 기분을 유지하는 것이 중요하다고 설명해 주었다. 상은은 좋은 음악을 많이 들으면서 좋은 기분을 유지하려고 노력했다.

그런데 신약 200mg을 먹으면서 항상 컨디션을 좋게 유지하는 것이 쉬운 일은 아니었다. 어떤 때는 새벽 2시가 될 때까지 잠이 오지 않아서 소파에 누워 잠이 오기를 청하는 경우도 많았다. 상은은 3일 이상 이런 상태가 계속되면 또 병원에 입원해야 할지도 모른다는 걱정이 앞섰다. 그렇다고 임신한 몸에 수면제를 먹을 수는 없었다. 남편이 걱정할까 봐 자는 남편을 깨울 수도 없고 하나님께 빨리 잠이 오기를 간절히 기도하는 수밖에 없었다. 그렇게 힘들게 새벽에 어렴풋이 잠들었다가 동이 트는 6시쯤 되면 뱃속의 아가가 꼬물꼬물 움직이는 태동에 잠이 깨곤 하였다. 상은은 부지런한 아이가 나오려나 보다 생각하였고 이렇게 뱃속에서 움직이는 아기가 느껴지는 것이 너무도 신기했다.

상은은 태어날 아가가 크면 꼭 보여 주겠다고 생각하며 매일매일 태교 일기도 썼다. 임신 중에 상은은 비행기 타고 여행하는 꿈을 자주 꿨다. 아마도 뱃속에 있는 아기가 나중에 크게 성공하여 비행기 여행을 많이 시켜 주려고 하는가 보다 하면서 남편과 비행기꿈 이야기를 하면서 웃기도 여러 번 하였다.

상은의 남편은 산부인과에 정기 점검을 하러 갈 때도 꼭 같이 갔고 자연분만 호흡법을 알려주는 수업에 함께 참석하기도 하였다. 아기가 뱃속에서 하도 얌전히 있어서 태명도 애틋한 사랑이라고 '다솜'이라 짓고 딸인 줄만 알았다. 그런데 의사가 입체 초음파를 찍으면서 말하기를

"뭔가 보이시죠?"

하고 이야기했다. 상은과 남편은 아들이라는 이야기구나, 하고 그제야 서로 보며 활짝 웃었다. 시부모님께 아기가 아들

이라고 전화로 알려 드렸더니 아주 좋아하시는 게 전화로도 느껴졌다.

상은은 임신 6개월에 접어들었다. 그런데 하루는 점심 때쯤 이슬이 비치면서 아기가 아래로 쏟아져 나올 것만 같았다. 남편이 직장에 있었기 때문에 친정 부모님께 연락을 드려서 같이 병원 응급실로 급히 향했다. 산부인과 의사를 기다렸다가 겨우 만났는데 조산하려고 하는 것 같다고 긴급하게 이를 예방하는 수술을 해야 한다고 했다. 수술하려면 남편이 동의해야 한다고 하여 부리나케 연락하여 직장에 있는 남편을 불러왔고, 남편이 서류에 사인한 후에 수술하였다. 남편과 친정 부모님 모두 혹시 아기와 산모가 어떻게 되는 것 아닌가 하는 걱정에 다들 얼굴이 새하얗게 되었다. 수술은 세 시간 정도 걸렸고 상은은 산부인과 병동에 입원하게 되었다.

수술은 다행히 성공적으로 잘 되었지만, 상은은 당분간 병실에서 절대 안정을 취해야 한다고 하여 침대에 계속 누워 있었다. 상은은 아기가 태어날 때까지 앞으로 몇 번의 고비를 더 넘겨야 할 것인가 생각하며 속상한 마음에 울음을 터뜨렸다.

직장에서 늦게 돌아온 남편이 상은이 울고 있는 모습을 보았고 이번이 마지막 고비일 거라고 하면서 조금만 참자며 위로해 주었다. 자기도 많이 놀라고 힘들 텐데 강한 정신력으로 버팀목이 되어 주는 남편이 정말 고마웠다. 상은은 두 달 만에 퇴원했다.

상은은 집에서 남은 임신 기간을 보내고 있었는데 예정일을 일주일 앞두고 배가 많이 아파지기 시작했다. 남편에게 아무래도 아기가 나올 것 같다고 병원으로 가자고 했다. 병원에 밤 10시에 도착했는데 간호사들이 아직 아기가 나오려면 멀었다고 했다. 상은은 하루 동안 병원에서 진통하고 고생하다가 그다음 날 저녁이 돼서야 시부모님을 비롯하여 온 가족이 그렇게 바라던 건강한 사내아이를 낳았다.

결혼한 지 꼭 7년 만에, 상은이 37살 때 일어난 아주 큰 경사였다!

상은 부부의 간절한 뜻이 있는 곳에 길은 있었다!

♥ 강한림과 성장미

"한림아, 안녕! 반갑다. 잘 지내고 있지?"

같은 A 여고를 나온 동창회장 경진이의 전화였다. 평소에는 연락을 잘 안 하는 경진이가 강한림에게 오래간만에 전화를 한 것이다. 무슨 일인가 궁금해하며 통화를 했더니 A 여고 졸업 20주년 기념 모임을 한다고 했다.

"우리가 올해 마흔 살이잖아. 우리가 A 여고를 졸업한 지 벌써 20년이 지났더라고. 우리 학교는 졸업 20주년 기념 행사를 매년 하고 있어. 우리 40기도 올해 20주년 홈커밍데이 행사를 해야 하는데 네가 좀 도와줬으면 해서 연락했어. 친구들 연락하는 일을 네가 좀 맡아서 해주면 참 좋겠다. 네가 고3 때 10반 반장이어서 특별히 부탁하는 거야. 꼭 도와줄 거지?"

그러면서 강한림에게 50명의 친구들 이름과 연락처를 알려주었다. 강한림은 안 그래도 회사 일로 바쁜데 이런 일까지 해야 하나 맘에 좀 부담이 되었다. 하지만 고등학교

3학년 때 반장을 했기 때문에 특별히 부탁하는 거라고 경진이가 말하니 거절할 수가 없었다. 그리고 경진이가 함께 졸업했던 친구들에게 다 연락하려면 많이 힘들 텐데 부탁받은 50명 연락이라도 잘해서 조금이라도 도와줘야겠다는 생각이 들었다. 회사 끝나고 집에 가서 저녁에 연락을 돌려야겠다고 생각했다.

지금이 5월인데 20주년 홈커밍데이 행사는 10월에 한다고 했다. 우선 A 여고 40기 밴드를 만들어 놨으니 친구들에게 연락해서 밴드에 가입시키고 행사 일시와 장소를 안내하고 참석 여부를 알아내는 것, 그것이 강한림에게 떨어진 미션이었다. A 여고는 지금도 우리나라 최고의 대학들에 많은 합격생을 배출하는 명문 사립 여고였다. 강한림이 졸업할 때 500여 명이 함께 졸업했다. 강한림은 20년이나 시간이 흘렀는데 500명 중에 과연 몇 명이나 다시 모일 수 있을까 하는 생각이 들었다.

강한림이 자신에게 할당된 50명의 친구들 이름을 하나하나 살펴보니 고3 때 같은 반이었던 친구들과 합창단 친구들이었다. 그중에서 가장 눈에 띄는 이름이 '성장미'였다. 성장미 이름을 보니 옛날에 고등학교를 같이 다닐 때의 좋은 추억과 안 좋았던 기억들이 함께 떠올라 애증이 교차하는 것 같았다.

강한림과 성장미는 같이 A 여고에 입학한 후 처음 알게 되었다. 강한림은 아파트 503호에 살고 성장미는 한층 위 603호에 살아서 학교와 집을 오가다 서로 인사하고 지내는 사이가 되었다. 1학년, 3학년 때 두 번이나 같은 반이었고 교회도 같이 다니고 합창단 자리도 바로 옆자리이다 보니 아주 친한 사이가 되었다. 그 시절에 둘은 매일 보는 사이인데도 무슨 할 이야기가 그리 많았는지 매일같이 편지도 주고받고 전화로도 길게 통화하는 사이였다.

강한림은 2남2녀 중 막내로 태어났다. 집안은 네 명의 아이들로 항상 북적거렸다. 어렸을 때부터 공부를 잘하는 언니, 오빠들을 닮아 강한림도 항상 1, 2등을 다투고 반장, 부반장을 도맡아 했다. 이에 비해 성장미는 무남독녀 외동딸로 태어나 혼자서 외롭게 자라났다. 공부는 열심히 했지만, 성적은 별로 좋지 않았다. 성장미는 대신 얼굴과 몸매가 아주 수려했다.

강한림은 성격이 외향적이어서 말을 주로 하는 편이었고 성장미는 내향적이어서 주로 듣는 편이었다. 이런 반대되는 성격이 둘을 더욱 친하게 만들었다. 강한림이 반장 일을 할 때 담임선생님 때문에 스트레스를 받기도 했고, 속 썩이는 친구들이 나타나기도 했다. 이럴 때 성장미에게 털어놓고 이야기하며 위로받고, 또 해결책도 함께 생각해 보곤 했다. 성장미는 술을 많이 마시고 완고한 아빠가 항상 스트레스였다. 성장미의 이런 고민은 강한림이 열심히 듣고 해결

되기를 함께 기도하기도 하였다.

강한림은 자신이 성장미보다는 모든 면에서 항상 우월하다고 생각하고 있었다. 그런데 어느 날 합창단에서 중창단을 뽑는다고 했다. 40명의 단원 중에 6명만 특별히 뽑는다는 것이었다. 강한림과 성장미 둘 다 오디션을 보았는데, 성장미는 합격하고 강한림은 떨어졌다. 강한림은 자신이 성장미보다 못하다는 생각에 자존심이 많이 상했다. 노래는 자신이 더 잘하는데 성장미가 얼굴과 몸매가 예뻐서 뽑힌 것이라고 생각하며 애써 아픈 마음을 달랬다.

딱 그때 중창단 사건을 빼고는 항상 모든 면에서 강한림이 성장미보다 객관적으로 잘 나가는 것 같았다. 강한림은 고등학교를 우수한 성적으로 졸업하고 일류대에 합격해서 잘 다녔다. 졸업 후에 직장도 B 그룹이라는 대기업을 다녔고 본부장까지 승진해 보겠다고 열심히 직장에 충성하였다. 특별히 강한림이 취직한 그해에는 B 그룹의 신입사원 경쟁률이 어떤 대기업 경쟁률보다 월등히 높다고 뉴스에 나오기까지 했다. 그런 바늘구멍을 뚫고 취직했으니 강한림의 높은 콧대는 하늘을 찌를 듯하였다. 반면에 성장미는 성적이 좋지 않아 지방대를 나왔고 좋은 직장에도 취직을 못 해서 여러 가지 알바를 전전했다.

강한림이 직장에 다니기 시작할 때까지만 해도 강한림과 성장미는 가끔 만나서 같이 식사도 하고 전화로 수다도 많이 떠는 사이였지만, 성장미 쪽에서 연락을 끊어 버리는 일이 생겼다. 둘이 같이 저녁을 먹는데 강한림이 회사가 어떻다는 둥 보너스가 얼마 나온다는 둥 회사에서 일 잘한다고 칭찬을 들었다는 둥 시시콜콜한 자랑을 한참 늘어놓았다. 강한림은 별 생각 없이 직장에서 있었던 일을 이야기한 것일 수도 있지만, 변변한 직장이 없는 성장미 입장에서는 강한림이 부러웠고 위화감도 들었을 뿐만 아니라 할 말도 없었다. 자존심이 상한 성장미는 그때부터 강한림이 전화하면 잘 받지 않고 연락을 끊어 버렸다.

강한림은 그동안 성장미와 있었던 일들이 주마등처럼 머릿속을 스치고 지나갔다. 성장미가 또 자신의 전화를 안 받고 무시하면 어떻게 하나 걱정도 되었다.

'장미가 내 전화를 받으면 반갑게 맞아 줄까?'

강한림은 고민하다가 어찌 되든지 통화부터 해보자 하고 성장미에게 제일 먼저 전화를 걸었다.

신호가 길게 여러 번 울린 후에 드디어 성장미가 전화를 받았다. 전화번호는 예전에 강한림이 알던 그 번호가 아니었다.

"여보세요."

성장미의 목소리가 들린다. 아, 뭐라고 얘기해야 하나?

"성장미 씨 핸드폰 번호 맞나요? 저는 성장미 씨 고등학교 동창 강한림입니다."

"어, 한림이구나! 목소리 여전하네."

성장미와 15년 만에 하는 통화다. 강한림은 성장미가 마치 어제까지 통화하던 사람이랑 대화하듯이 반갑게 전화를 받아 주어서 너무 다행이라고 생각했다. 강한림은 성장미에게 그동안 잘 지냈는지 묻고 A 여고 졸업 20주년 행사가 10월에 있다고 알려주었다. 성장미는 자신은 그동안 잘 지냈고 너무 반가운 일이라며 가능하면 참석하겠다고 했다. 강한림은 성장미에게 이렇게 전화 통화가 된 것도 너무 반가운데 먼저 둘이 만나자고 물어 봤다. 둘은 1주일 후에 점심을 같이 먹기로 약속했다.

성장미는 강한림에게 연락이 끊긴 15년 동안의 이야기를 해주었다. 성장미는 우리나라 기업 중에서 최고 연봉을 받는다는 C 그룹을 다니는 남편을 만나 결혼하고 그새 딸을 둘이나 낳아서 키우고 있었다. 게다가 성장미는 어떻게 몸매 관리를 했는지 아직도 20대 처녀 같은 몸매와 얼굴이었다.

아직 남자친구도 없고 결혼도 못 한 강한림 입장에서는 너무나도 부러운 일이 아닐 수 없었다. 강한림은 자신이 잘나가는 대기업을 다니고 있으니 성장미보다 자신이 더 잘나가고 행복한 삶을 살고 있으리라 생각했다.

하지만 행복의 조건으로 직장이 전부가 아니었다. 강한림은 어떻게 해서든지 자신도 얼른 결혼해서 성장미처럼 가정을 꾸려야겠다고 생각했다. 강한림은 성장미와 헤어져서 집으로 돌아온 바로 그날 결혼정보회사에 가입했다. 강한림이 선택한 업체는 가입비도 비쌌는데 성혼율이 95%에 이르며 우리나라 회사 중에 최고라는 광고를 아주 많이 하는 회사였다.

그해 10월에 A 여고 40기 졸업생 20주년 기념 홈커밍데이 행사는 성황리에 잘 치렀다. 총 500여 명의 졸업생 중에 100여 명의 친구가 참석했고 합창단 40명 중에 7명이 참석해서 축가도 불렀다. 그동안 20주년 홈커밍데이 행사를 한 중에 가장 많은 졸업생이 모였다고 선생님들도 이구동성으로 반가워하시고 축하해 주셨다. 강한림과 성장미도 참석했다. 참석 인원이 많아서 한 명 한 명의 사정은 정확히 알기 힘들었지만, 강한림은 자신이 미혼인 데다 남자친구도 없다는 사실에 아주 주눅이 들었다. 강한림은 친구들에게 명함을 나눠 주면서 자신이 B 그룹에서 직장 생활을 잘하고 있으며 오늘 특별히 휴가를 받아서 참석하게 되었다는 이야기를 해서 은근히 자랑하였다. 그런데 한쪽에 성장미가 나타나자, 친구들이 성장미에게 인사를 하면서

"우와, 남편이 C 그룹 펀드매니저라면서? 대단하다, 대단해!"

하는 것이 아닌가. 그리고

"어쩜 너는 미모가 이렇게 그대로니? 누가 딸을 둘이나

낳았다고 하겠어? 관리 비결이 뭐야?"

하면서 20대로 보게 만드는 방부제 미모를 모두 부러워하였다. 강한림은 행복은 성적순이 아니라는 말이 생각나면서 성장미가 너무 부러웠다.

20주년 행사 후에도 강한림의 결혼 프로젝트는 계속되었다. 머릿속에는 성장미를 비롯하여 자기보다 행복해 보였던 A 여고 40기 동창들의 모습이 계속 떠올랐다. 여자 나이 40살이 되어 결혼하려고 하니 쉽지가 않았다. 강한림은 강한 성격의 소유자였기 때문에 고집도 세고 욕심도 많았다. 그런 강한림을 이해해 주고 사랑해 줄 남자를 만나기는 쉽지 않았다.

강한림은 결혼정보회사에서 소개받은 10명의 남자 중에 가장 자기 말을 잘 들어주고 대화가 잘 될 만한 남자를 하나 골라 겨우겨우 결혼에 성공했다. 결혼을 얼른 해야겠다는 급한 마음에 많은 것을 양보하고 남자를 선택했다. 남편은 강한림보다 네 살이 어렸고 벤처 기업을 다니고 있었다. 강한림은 직장을 다닌 지가 벌써 15년이나 되어 남편보다 봉급이 훨씬 많았다.

강한림은 남편의 조건보다는 성격을 보고 결혼했다. 또 신랑감이 네 살이나 어리니 앞으로 자기보다 더 길게 직장을 다닐 것이고 봉급도 계속해서 올라갈 것이니 연하를 선택하기 잘했다고 생각했다. 강한림은 1년간의 노력 끝에

41살이 된 해 5월에 드디어 결혼에 성공하였다. 강한림의 결혼식에는 직장 동료들이 많이 참석해 줘서 무사히 식을 치를 수 있었다.

강한림은 본부장까지 승진하겠다는 당찬 욕심을 가지고 직장을 열심히 다니고 있었는데, 강한림이 다니던 회사는 알고 봤더니 여직원들에게 불리한 대우를 하는 회사였다. 그동안 강한림이 남자 직원들과 차별을 받지 않고 직장을 잘 다닐 수 있었던 것은 결혼을 안 한 여직원이었기 때문이었다.

강한림이 결혼하자 회사에서는 비밀리에 권고사직을 제안했다. 회사를 계속 다니고 싶으면 지금 받는 월급을 계속 동일하게 받고 상여금도 없으며 직급도 지금처럼 계속 만년 과장으로 다녀야 한다는 부당한 조건을 제시했다. 이건 분명히 부당한 처우라고 가까운 변호사 친구에게 문의도 해봤지만, 이 문제를 해결하려면 회사를 상대로 소송을 해서 이겨야 한다니 엄두가 나지 않았다.

강한림은 좋은 대학을 나와서 B 그룹을 다니며 지금까지 자신이 잘 나가고 있다고 생각했는데 너무 자존심이 상해서 남편에게 이런 사실을 상의할 수도 없었다. 그래도 이미 받는 월급이 많으니 더 인상이 안 된다는 것에 불평하지 말고 계속 다녀 보자고 혼자 결론을 내렸다.

강한림에게는 또 한 가지 큰 문제가 있었는데 아기가 잘

생기지 않는 것이었다. 20주년 행사 때 성장미는 벌써 큰딸이 중학교, 둘째 딸이 초등학교에 다니고 있었다. 강한림은 초조하게 얼른 임신하기를 기다렸지만 아기는 쉽게 생기지 않았다. 거의 포기하려고 한 바로 그때 기적적으로 임신에 성공하여 45살 때 딸을 하나 낳았다. 결혼한 지 5년 만에 낳은 귀한 아기였다. 강한림은 직장을 계속 다니면서 딸을 키우며 하루하루를 보냈다.

성장미와는 20주년 행사 이후로 잘 연락하지 않았다. 이번에는 강한림 쪽에서 연락을 안 하다 보니 자연히 연락이 끊기게 됐다. 강한림이 성장미에게 큰 열등감을 느끼면서 연락을 끊은 것이다. 그렇게 5년의 세월이 더 흐르고 강한림에게 A 여고 30주년 행사를 한다는 연락이 경진이에게서 또 왔다. 그러면서 또 친구들 연락을 부탁했다.

30주년 행사를 한다고 연락 담당을 맡게 된 강한림은 성장미와 전화 통화를 했는데, 성장미가 연락이 끊긴 동안 또 아들 쌍둥이를 낳아서 딸 둘, 아들 둘 네 아이의 엄마가 되었다고 하였다. 강한림은 성장미에게 4명의 아이를 어떻게 키우냐고 대단한 슈퍼우먼이라고 칭찬을 해줬다.

강한림은 성장미가 너무 부러웠다. 메신저에 있는 성장미의 프로필 사진을 보니 성장미는 아직도 처녀처럼 날씬하고 예쁘고 아이들도 아주 총명해 보였다. 벌써 큰딸이 대학에 다니고 있다고 했다.

강한림은 직장을 계속 다니면서 돈을 벌고 있긴 하지만, 딸은 아직 유치원에 다니고 있고 남편의 월급은 쥐꼬리고 본인 월급은 매달 똑같고 상여금도 없는 만년 과장이었다.

강한림이 50명의 친구에게 연락을 해봤는데 이번에는 그중에서 5명의 친구만이 참석할 수 있다고 했다. 그래서 동창회장 경진이에게 그렇게 보고했더니 경진이가 전체 참석 인원이 40명 정도 될 것 같단다.

A 여고 졸업 30주년 모임에 참석하려니 강한림은 마음이 착잡하다. 강한림이 학교 다닐 때는 공부도 제일 잘하고 반장, 부반장도 도맡아 해서 다른 친구들보다, 특히 성장미보다는 자기가 잘 나간다고 생각했다. 그런데 성장미가 아이를 넷 낳고도 건강하게 날씬하고 경제적으로도 여유 있게 잘사는 모습을 보니 너무 부러웠다.

졸업 30주년 모임에 가서 친구들에게 무슨 이야기를 할지 강한림은 걱정이 앞섰다. 우선 아기를 하나 낳고 빠지지 않는 풍성해진 뱃살이 강한림의 첫 번째 고민거리였다. 축가를 하는 7명의 친구 중에, 아니 그날 모이는 친구 중에 자신이 제일 통통할 것으로 생각되었다.

두 번째는 다른 친구들은 아이를 두셋 낳아 벌써 고등학교, 대학교를 보냈는데, 특별히 성장미는 아이가 넷이나 되는데 자신은 아이가 이제 겨우 다섯 살이라는 것이 열등감을 더욱 크게 느끼게 했다.

마지막으로 깨끗하게 정리되지 않은 겨드랑이털이 문제였다. 축가를 합창단 친구들과 함께 부르기로 했는데 함께 입기로 한 윗옷이 나시였다. 그래서 겨드랑이털이 있으면 안 되겠기에 제모제를 가져다가 손에 묻히고 겨드랑이털을 제거했다. 손에 묻은 제모제는 잘 씻어지지 않았다. 그런 손으로 머리를 감아야 할 것 같아서 샤워로 머리에 물을 묻히고 머리를 감는데 아뿔싸! '제모제 묻은 손으로 내가 뭘 하는 거지?' 하는 생각이 들었다. 아이고, 제모제 때문에 이러다가 내 머리 다 뽑히겠다!

강한림은 얼른 수도꼭지를 잠그고 손부터 비누로 깨끗하게 씻어내고 머리를 여러 번 행군 후에 샴푸로 다시 감았다. 강한림은 제모제 때문에 혼자 생쇼를 하고는 정말 30주년 모임에 가고 싶지 않다는 생각이 들었다. 쥐꼬리만 한 월급을 벌어 오는 남편에 대한 이야기를 위시하여 열심히 청춘을 다 바쳤으나 만년 과장으로 매월 매년 동일한 월급을 받는 직장 등 자신이 살아온 이야기를 친구들 앞에서 솔직하게 할 엄두가 나지 않았다. 게다가 누구보다 자신에게 강한 열등감을 주는 성장미도 온다는 것이 더욱 맘에 안 들었다.

'그냥 어디 아프다고 하고 못 간다고 할까?'

강한림은 거울에 비친 자기 모습을 보면서 갈까 말까 잠시 고민에 잠겼다. 30주년 모임에 가려면 화장도 예쁘게 해야 할 텐데…….

'그래 내가 이야기 안 하면 친구들이 내 사정을 어떻게 알겠어! 그냥 당당하게 모임에 나가자. 성장미! 올 테면 와 보라고!'

강한림은 화장을 곱게 하고 30주년 모임에 나갔다. 40명 정도 친구들이 모였다. 강한림과 성장미가 포함된 합창단은 나시를 입고 축가도 잘 불렀고, 그날의 기념식도 잘 끝났다. 공식 행사가 끝나고 모두 원형으로 둘러앉아서 한 명씩 자신이 살아온 이야기를 시작했다. 강한림은 자기 삶을 뭐라고 이야기해야 할지 마음속으로 포장하느라 급급했다. 강한림이 차례가 되어 입을 열었다.

"나는 고3 때 10반 반장이었던 강한림이야. 대학을 졸업하고 B 그룹에 입사해서 25년째 다니고 있어. 41살 때 네 살 어린 연하 남편과 결혼했고 45살에 딸을 하나 낳아서 키우고 있단다. 이렇게 졸업 30주년을 기념하여 건강한 몸과 맘으로 너희들을 만나게 되어 너무 기쁘고 반가워. 우리들의 우정이 40주년, 50주년이 되어 할머니가 될 때까지 계속 이어지길 바란다."

강한림이 이야기하자 여기저기서 "우와, 25년째!", "우와, 네 살 연하!" 하면서 감탄하는 소리가 터져 나왔다. 한 친구는 강한림에게 "야, 강한림! 역시 능력자다!" 하고 큰

소리로 칭찬을 해줘서 강한림을 기쁘게 했다. 친구들은 강한림의 이야기를 듣고 뜨겁게 박수를 쳐주었다.

A 여고 40기 친구들은 진짜 마음도 고운 친구들이 많은 것 같았다. 자신의 어려웠던 과거에 대해서도 거리낌없이 터놓고 이야기하였고, 친구들은 서로 격려해 주고 위해서 기도하겠다고 약속했다.

마지막으로 드디어 성장미가 발표할 차례가 되었다. 성장미가 또 무슨 이야기를 해서 사람 기를 꺾어 놓으려나 강한림은 긴장이 되었다.

"친구들아 모두 안녕! 나는 고3 때 10반이었고 합창단을 했던 성장미야. 나는 딸 둘, 아들 둘 아이들이 네 명이야. 딸을 둘 낳고 아들 하나를 더 낳아 보려고 임신했는데 아들 쌍둥이가 태어났지 뭐니! 그래도 딸 쌍둥이가 태어났다면 딸만 넷이었을 텐데 아들 쌍둥이가 태어났으니 하나님께 감사하면서 잘 키우기로 결심했단다. 나는 26살에 결혼을 해서 행복하게 잘 살았는데 3년 전에 남편이 몸이 아파서 먼저 세상을 떠났어. 나와 우리 아이들을 위해서 친구들이 기도해 주면 정말 고맙겠어."

성장미의 솔직한 발표를 듣고 아이가 넷이라는 말에 친구들은 모두 "와, 대단하다! 아이가 네 명이래!" 하며 소리를 질렀고 남편이 죽었다는 이야기에 "저런, 어떻게 해!" 하는 탄식이 터져 나왔다. 강한림은 성장미의 이야기를 듣고 자기 귀를 의심하였다. 성장미는 평소에 얼굴이 항상 여유가 있어 보이고 하는 말도 위트가 있고 밝아서 그런 아픔이 있는지 전혀 몰랐었다. 강한림은 그동안 성장미를 오해하고 부러워하며 어떻게 해서든 더 잘 나가는 사람이 되려고 노력했던 자기 모습이 너무 작아 보여 반성하게 되었다.

강한림은 성장미에게 메신저로 편지를 써서 보냈다.

장미야, 안녕! 나 한림이야.

항상 밝은 너의 모습은 정말 행복해 보여. 그리고 아이들을 넷이나 낳고도 날씬하고 예쁜 너의 모습은 내가 정말 닮고 싶단다.

그런데 그런 네가 벌써 3년 전에 남편이 먼저 가고 혼자서 아이 넷을 키우고 있다는 이야기를 듣고 얼마나 놀랐는지 몰라. 그런 큰일이 있었으면 나에게 좀 연락하지 그랬니. 네가 그렇게 힘든 시간을 보내고 있었는데 나는 말로는 너의 절친이라 하면서 너를 전혀 도와주지 못하고 있었다니 정말 미안하다.

고등학교 3년을 함께 지내면서 내가 기쁠 때나 슬플 때나 내 옆에서 내 이야기를 말없이 들어주고 지지해 주고 위로해 주던 너의 모습이 눈에 선해. 그런데 그때 이후 자주 너와 연락하지 못하고 서로의 상황을 이해하지 못하고 오해하기도 했던 이 못난 친구를 이제 다시 받아 줄 수 있겠니? 다시 너의 손을 잡고 우리 고등학교 때처럼 우리 우정을 키워 나갔으면 좋겠구나.

한림이가 보낸다~♡♡♡

강한림과 성장미는 여고 졸업 30주년 행사 이후 고등학교때처럼 매일같이 서로 전화와 메신저로 안부를 주고받는 사이가 되었다. 강한림과 성장미는 집이 멀어서 자주 만날 수가 없다. 게다가 강한림은 직장인이라 아무 때나 전화를 할 수도 없다. 하지만 강한림은 전화로라도 성장미가 외롭지 않고 행복하게 살아가도록 도와주고 싶었다. 성경에 고아와 과부를 도와주라고 하지 않았던가! 강한림은 혹시 회의 중이나 회삿일 때문에 성장미의 전화를 받지 못하면 회의 중이라는 메시지를 보내든가 나중에 꼭 다시 전화했다.

강한림의 진심 어린 장문의 메시지를 받고 성장미는 다시 강한림과의 우정을 키워 나가기로 결심했다. 그러면서 성장미는 강한림에게 어린 딸 하나만 키운다고 기죽을 것 없다고 이야기해 주었다. 아이가 하나면 그 아이를 전폭적으로 지지해 주고 배우고 싶다는 것 다 가르쳐 줄 수 있으니 얼마나 좋으냐고 했다. 자신은 아이가 넷이어서 다 가르쳐 줄 수가 없다고 했다. 또 성장미는 강한림에게 직장을 25년째 다니고 있으니 얼마나 대단하냐고 칭찬해 주었다. 자신도 결혼 전에는 그렇게 직장을 오래 다니고 싶었는데 취직하기도 너무 어려웠고 결혼 후에 본의 아니게 아이들이 많아져서 이렇게 되었다고 웃음을 지었다.

강한림은 만년 과장의 설움을 모르는 성장미의 칭찬을 칭찬으로 받아들이기로 했고 이 직장말고 다른 직장을 찾아

보자는 생각도 하게 되었다. 강한림은 회사에서 스트레스받는 일들과 딸을 어떻게 잘 키우나 성장미와 전화 통화를 하면서 많이 물어 보고 도움을 받기도 했다. 강한림은 성장미에게 자주 선물도 보냈다.

강한림은 서로 경쟁하고 누가 더 잘 나가고 잘났냐를 따지는 것이 중요하지 않다는 것을 비로소 깨닫게 됐다. 어차피 인생은 도토리 키재기, 오십보백보다. 둘은 서로를 이해하고 고등학교 때처럼 다시 친한 절친 사이가 되었다.

♥ 독거노인
불행 탈출기

"여보세요, 여보세요! 거기 119죠? 여기 교통사고가 났습니다! 빨리 와서 도와주세요!"

　"어디서 전화하고 계시는가요?"

　"여기는 홍천입니다. 양양 고속도로 근처예요. 지금 사람이 두 명이나 죽어 갑니다! 빨리 와서 살려 주세요! 트럭이랑 승용차가 부딪쳤어요!"

　비가 엄청나게 많이 오는데 박 노인이 탄 승용차와 반대편에서 달려오던 트럭이 충돌했다. 트럭이 중앙선을 침범한 것이다. 박 노인의 아들이 운전석에 탔고, 박 노인은 그 뒷자리에 타고 박 노인 옆에는 아내가 타고 있었다. 박 노인의 아들이 트럭과의 충돌을 피하려고 했지만 어쩔 수가 없었다. 박 노인의 아들은 온몸으로 충격을 받고 핸들에 부딪쳤고, 박 노인의 아내도 악 소리를 지르며 앞자리 의자에 세게 부딪치면서 갈비뼈가 부러졌다. 박 노인의 아들은 안전벨트를 했음에도 앞유리가 깨지면서 머리를 많이 다쳐서 붉은 피가

줄줄 흘러내리고 있었다.

박 노인만 운전석 뒷자리에 앉아 있었기 때문에 거의 안 다쳤다. 박 노인은 핸드폰을 꺼내 119에 신고했다. 차는 시동이 아직 꺼지지 않은 상태였다. 박 노인은 뒷좌석 왼쪽 차문을 열고 나가려고 하였으나 문이 열리지 않았다. 비가 많이 내리고 있었고, 얼른 차에서 내려 피해야지 여차하면 차가 폭발할 수도 있었다.

"여보, 여보! 성훈아! 괜찮아? 조금만 힘내. 119 구급차가 금방 올 거야."

박 노인은 아들과 아내에게 말을 붙여 보았으나 아들은 의식이 없는지 반응이 없고 아내는 대답을 못 하고 아프다는 신음 소리만 계속 내고 있었다. 20분 정도 기다렸더니 119 구급차가 도착했다. 그런데 박 노인 가족을 치료할 만한 시설이 있는 가장 가까운 병원에 도착하기까지 한 시간이나 걸렸다. 사고가 난 곳이 산속이었고 비가 세차게 쏟아지는 데다 여름휴가 마지막 날이라 길이 많이 막혔기 때문이다.

119 구급대원들은 도착하자마자 세 사람을 차 밖으로 끌어낸 후 박 노인 아들의 머리 지혈부터 하였으나 병원에 도착했을 때 과다출혈로 아들은 이미 사망한 상태였다. 박 노인의 아내는 의식이 희미하게 있었으나 갈비뼈가 부러지면서 심장과 폐를 찌르는 바람에 3일 후에 아들의 뒤를

따라갔다.

아들과 아내를 한꺼번에 앗아간 사고가 난 지도 벌써 3년이 흘렀다. 그 사고 후 박 노인은 12층짜리 아파트에서 혼자 산다. 이제 홀로 남은 박 노인은 시간만 나면 아파트를 빠져나와 혼자서 담배를 피운다. 여름엔 러닝셔츠에 파자마 차림이다. 겨울에는 얇은 윗도리에 방한이 될지 말지 의심스러운 신발을 신고 나온다. 박 노인이 사는 아파트에 그에게 관심을 두는 사람은 아무도 없다. 그는 동네 식당을 전전하며 세 끼 식사를 때웠는데, 어느 날 깨닫게 된 것은 어느 식당이든 맛도 가격도 거기서 거기라는 사실이었다. 그래서 집과 가까운 24시 원조 감자탕집에서 똑같은 해장국을 매일 먹게 됐다.

박 노인이 이런 처지가 될지는 아무도 몰랐다. 한때는 잘나가는 서울 중심가에 위치한 높은 빌딩에서 큰 사업을 하는 부자였다. 장사가 잘되어 번 돈을 세다가 잠이 들 정도였다. 철제 선반을 만드는 공장을 운영했는데, 기술자들을 고용해서 공장을 운영하고 자신은 철제 선반을 판매하고 영업하는 일을 했다.

철제 선반을 구입할 고객들을 되도록 많이 만나면서 술도 사고 저녁도 사주고 하면서 하나라도 더 파는 것이 박 노인의 일이었다. 그는 술을 별로 좋아하는 편이 아니었지만, 사업상 술을 많이 마시게 됐다. 그런데 철제 선반 업계에 외국계 대기업들의 제품들이 대거 들어오고 우리나라 업체들끼리의 경쟁도 심화하여 박 노인 회사는 입지가 좁아지게 되었다. 게다가 박 노인이 일하던 빌딩이 재개발지구에 포함되면서 없어지게 되자 아예 하던 사업을 접게 되었다. 박 노인은 당시 서울에 살고 있었는데 재산을 정리하고 경기도 중소도시로 이사를 했다.

박 노인의 아들은 삼대 독자로 박 노인이 45살 때 겨우 얻은 귀한 아들이었다. 부모 말을 잘 듣고 바르게 자라서 박 노인 가정의 희망이었다. 대학을 졸업하고 군대에서 제대한 후 취직한 아들은 취직 기념으로 가족 셋이 함께 여행을 가자고 했다. 그때 박 노인의 아들은 28살이었다. 그래서 박 노인과 부인은 기쁜 맘으로 아들이 운전하는 차에 타고 강원도로 향했다. 설악산 근처 콘도에서 자고 속초와 설악산을 둘러보며 2박3일을 보냈다. 함께 바닷가 음식점에서 회도 먹고 즐겁게 지냈다. 박 노인 가족은 정말 오래간만의 가족 여행을 즐기며 기뻐했다.

그런데 돌아오는 길에 비가 많이 내렸다. 속초에서 출발해 양양 고속도로를 타고 홍천 가까이에 이르렀을 때 아들이 휘발유가 거의 떨어졌다며 주유소를 빨리 찾아야겠다고 했다. 그래서 캄캄한 밤에 국도로 빠져나와 주유소를 찾고 있었는데 바로 그때 사고가 난 것이다. 박 노인 아들은 운전을 아주 잘했지만, 폭우에 빠르게 미끄러지면서 중앙선을 뚫고 반대편에서 달려오는 트럭을 피할 수는 없었다.

그때부터 박 노인의 독거노인 생활이 시작되었다. 차라리 그때 다 같이 죽었으면 좋았으련만! 내가 아들 옆자리에 앉을 것인데……. 박 노인은 그때의 사건을 생각해 보고 또 생각하며 후회했지만 돌이킬 수 없는 일이었다.

박 노인이 처음 혼자 됐을 때는 아무 생각이 들지 않았다. 끝없이 깊은 우울증에 빠져들었다. 밥맛도 거의 없었다. 박 노인은 아내와 아들의 유골을 화장하고 연화장이라는 곳에 안치했다. 처음에는 한 주에 한 번씩 찾아가서 조용히 눈물을 흘리다 돌아오곤 하였다.

박 노인은 동네에서 골치 아픈 술꾼으로 찍혔다. 식당 주인들은 밤에 문을 닫아야 하는데 박 노인이 술을 많이 마시고 인사불성이 되어 집에 가지 않으니까, 경찰을 불러서 박 노인을 쫓아냈다. 경찰관들은 박 노인이 아내와 아들이 죽고 독거노인이 된 딱한 사연을 알고 동정의 눈길을 보내긴 했지만, 박 노인이 밤마다 경찰서로 쫓겨 오니 매일 집에 태워다 주는 것도 귀찮아했다.

박 노인의 가슴은 뻥 뚫린 듯 먹먹하고 아프기만 했다. 낮에는 계속 집에 드러누워 잠을 잤다. 잠을 자다가 교통사고가 났던 그날의 참혹한 장면이 꿈속에 나와 놀라서 깨거나 가위에 눌리기도 여러 차례였다. 나도 가족을 따라가야 하는가, 그럼 어떻게 해야 할까 고민하다 잠을 자다 다시 일어났다의 반복이었다. 그렇게 2년, 3년이 흘렀다.

이제는 이렇게 혼자 남게 된 인생을 어떻게 살아야 하나 고민스러워졌다. 그래도 혼자 살 집 한 채와 먹고살 돈은 남아 있었다. 혼자 사는 외로움을 이겨내야 한다는 것, 그것이 박 노인이 요즘 생각하고 있는 것이었다. 그리고 한 가지 더 크게 다가오는 것은 '고독사'의 문제였다. 내가 죽으면 누가 나를 어디에 묻어 줄 것인가…….

하루는 매일 가는 감자탕집에 점심을 먹으러 갔다가 테이블 위에 '부모님을 찾습니다'라고 쓰여 있는 전단지를 보게 되었다. 박 노인은 나처럼 가족이 필요해서 찾는 사람이 또 있는가 하여 그 전단지를 곰곰이 읽어 보았다. 태어난 지 일주일 만에 부모에게 버림받고 스위스로 입양되어 30년을 살았다는 한 청년의 딱한 이야기가 쓰여 있었다. 이제는 낳아주신 부모님을 만났으면 좋겠다고 한국에 온 것이다. 박 노인은 나만 불행한 사람이 아니구나 하는 생각이 들었다.

박 노인이 식사를 마치고 감자탕집에서 집으로 가려는데, 가게 앞에서 양복을 입고 또 다른 전단지를 나눠 주는 사람을 만나게 되었다.

"안녕하세요! 좋은 정보가 있습니다. 전단지 받아 가세요."

"이게 무슨 전단지예요?"

"아, 예수사랑교회 소개 전단지에요. 저는 김요한 목사입니다. 이 근처에 사시나요? 전화번호를 알려주시면 좋은 정보도 보내드립니다."

"예수사랑교회가 어디예요? 나는 교회는 안 다녀 봤는데. 내 마누라가 생전에 교회 참 열심히 다녔었지."

"아, 저쪽 골목 끝에서 오른쪽으로 돌아서 보시면 바로 교회가 있습니다. 주일날 오셔서 같이 예배 드리시면 참 좋아요. 요즘 몸이 불편해서 교회 못 오시는 분들을 위해 예배 동영상도 핸드폰으로 보내 드려요. 집에서 온라인 예배라도 드리세요."

박 노인은 교회 소개 전단지를 한 장 받고 핸드폰 번호를 알려주고 집으로 왔다. 그때부터 김요한 목사는 1주일에 한 번씩 박 노인 핸드폰으로 좋은 글도 보내 주고 예배 동영상도 보내 주었다. 박 노인은 김요한 목사가 핸드폰으로 보내 주는 글들을 대충 읽고 말았는데, 하루는 마음에 와닿는 글을 읽게 되었다.

한 미국의 수영 선수가 불의의 사고로 갑자기 전신마비 장애인이 되었다고 한다. 그래서 그 사람은 너무 괴로워서 인생을 포기하고 싶었는데 전신마비이다 보니 자기 마음대로 죽을 수도 없었다. 하나님께 울부짖으면서 한 마지막 기도가 "하나님, 제가 죽을 수 없다면 '제발' 사는 법을 가르쳐 주세요"였다고 한다. 그 사람은 전신마비인 몸이 낫지는 않았지만, 나중에 대중연설가와 저술가, 구족화가가 된다. 그리고 장애인을 돕는 단체를 만들어 수많은 장애인에게 희망을 전하는 사람이 된다. 죽기만 바랄 때는 비참한 삶을 살았는데 기도가 달라지니까 삶이 달라진 것이었다.

박 노인은 나보다 더 어려운 상황을 이겨낸 사람도 있구나 하면서 자신의 삶을 반성하게 되었다. 독거노인인 자신의 처지가 아무리 어렵다고 해도 자신은 사지가 멀쩡한 정상인 아닌가. 박 노인은 한 번도 교회를 다녀 본 적도 없고 기도를 해본 적도 없었지만 '하나님, 저에게도 잘 사는 법을 가르쳐 주시옵소서.' 하고 기도하게 되었다.

또 하루는 김요한 목사가 핸드폰으로 보내 준 설교 동영상을 들어 보게 되었다. 김요한 목사는 마태복음 7장 7절 "구하라 그리하면 너희에게 주실 것이요 찾으라 그리하면 찾아낼 것이요 문을 두드리라 그리하면 너희에게 열릴 것이니"라는 말씀을 가지고 30분 정도 열심히 설교하였다.

박 노인은 그러면 나도 남은 생애를 잘 살게 해달라고 간절히 하나님께 기도하면 문제가 해결될 것인가 하는 생각이 들었다. 감자탕집에 갔다가 돌아오는 길에 김요한 목사가 알려 준 대로 골목 끝에 가서 오른쪽으로 돌아섰더니 50m쯤 앞에 예수사랑교회 간판이 보였다. 박 노인은 예수사랑교회로 가볼까 하다가 문득 러닝셔츠에 파자마 차림인 자신의 옷차림이 신경 쓰였다. 이렇게 입고 교회를 가도 되려나 하는 생각이 들어, 그냥 집으로 향했다.

　박 노인은 벤치에 앉아서 담배를 한 대 피우고는 집으로 돌아오는 엘리베이터를 탔다. 박 노인의 집은 12층 맨 꼭대기인데 항상 6층에서 먼저 내리는 노부부가 있었다. 박 노인은 동네 사람들하고 인사를 잘 나누지 않았지만 유일하게 그 노부부와는 만나면 서로 깍듯이 인사를 하는 사이였다. 6층 사는 김 노인 부부였다.

　그런데 어느 날인가부터 김 노인 혼자서 박 노인에게 인사를 하였다. 박 노인은 김 노인 부인이 안 보이는 게 이상해서 하루는 김 노인에게 "부인은 왜 요즘 같이 안 다니십니까?" 하고 물었다. 그랬더니 김 노인 부인이 얼마 전에 병으로 유명을 달리했다는 것이었다. 부부가 함께 살던 김 노인도 부인이 죽고 나서 독거노인이 된 것이다.

　하지만 김 노인은 박 노인과는 달랐다. 아침 일찍 일어나서 핸드폰으로 경쾌한 음악을 들으며 근처 산으로 등산을 다녀왔다. 머리도 깔끔하게 빗어 넘기고 옷도 구김 없이 깨끗하게 차려입고 다녔다. 김 노인은 요리도 잘해서 혼자 잘 챙겨 먹고 살았다. 그래서 동네 사람들을 비롯한 주위 사람들은 김 노인이 불쌍한 홀아비인 줄 잘 몰랐다.

　박 노인은 김 노인이 가족 없이 혼자서도 잘 사는 모습이 참 부러웠다. 그래서 하루는 김 노인에게 비법이 무엇인지 물어 봤다.

"아니 아내가 갑자기 먼저 세상을 떠나서 아주 힘드실 텐데 형님은 항상 명랑하게 잘 지내시는 것 같습니다. 무슨 비법이라도 있으신가요? 저는 혼자 살기가 너무 힘이 드네요."

"내 아내는 젊어서부터 지병이 있어서 항상 아팠어요. 죽을 고비를 몇 번 넘겼나 몰라요. 아내는 항상 나에게 자기가 먼저 세상을 떠날 테니까 준비를 잘해야 한다고 했지요. 밥하고 반찬 만들어 먹고 사는 법을 다 가르쳐 주고 떠났어요. 빨래하고 집 청소하는 것은 아내 죽기 전부터 내가 도맡아 했던 일들이고."

"형님, 저를 좀 도와주십시오! 저는 어떻게 살아가야 할지 하루하루가 너무 힘들어요."

"혼자 된 처지를 바꿀 수는 없지만 마음은 바꿀 수 있지요. 내일부터 나랑 같이 등산도 하고 맛있는 것도 해서 먹고 같이 어려움을 이겨내 봅시다!"

박 노인은 김 노인의 도움으로 조금씩 변해 갔다. 처음에는 김 노인 집에 가서 밥을 많이 얻어먹었지만, 김 노인이 밥하는 법과 요리하는 법을 가르쳐 줘서 계란후라이, 라면 등등 간단한 것들을 혼자 해 먹기 시작했다. 박 노인과 김 노인은 나라에서 독거노인이라고 한 달에 한 가마니씩 쌀도 갖다 주었다. 김 노인과 같이 등산을 하고 자전거도 타고 다니면서 박 노인 얼굴에 웃음꽃이 피는 날들이 생겨났다.

러닝셔츠에 파자마 바람이던 박 노인의 고정 의상도 김 노인의 코디로 다려서 주름을 세운 와이셔츠에 정장 바지로 바뀌어 멋쟁이가 되었다.

박 노인은 김 노인과 시간을 같이 보내면서 연화장에 잘 가지 않게 됐고 술 마시는 횟수도 줄어들었다. 이제는 혼자서 술 마시다가 경찰서로 쫓겨가는 일이 없어졌다.

박 노인은 이제 집에 있는 아내와 아들의 유품을 좀 정리해야겠다는 생각이 들었다. 그래서 유품 정리사를 집에 오라고 예약을 했다.

박 노인은 아내가 쓰던 안방 화장대 서랍을 열고 무엇이 들어 있나 하나씩 찬찬히 들여다보았다. 서랍에 대학노트가 여러 권 있어서 무슨 내용이 있는가 읽어 보았다. 아내가 기도문을 썼는데 날짜를 보니 거의 매일 썼다. 그리고 항상 첫 번째 기도로 '남편의 건강과 구원'을 위해 기도했다. 3년 전 교통사고가 나기 며칠 전에 마지막으로 쓴 기도문에는 이렇게 쓰여 있었다.

사랑하는 하나님, 오늘도 이렇게 주님께 기도드릴 수 있는 시간 허락하여 주시니 감사드립니다. 저에게 훌륭한 남편과 자녀를 주심에 또한 감사드립니다. 우리 성훈 아빠가 교회는 안 다니지만, 저와 성훈이가 교회 다니는 것을 반대하지 않아서 신앙 생활을 잘할 수 있게 하심에 감사드립니다.

성훈 아빠가 나중 된 자로서 먼저 되리라는 말씀처럼 나중에 주님 앞에 돌아옴으로 먼저 되는 사람이 되리라 믿습니다. 그 마음을 돌이켜 주시고 예수님을 믿고 꼭 구원받고 천국 가는 사람이 되게 하여 주세요. 우리 가족 셋 모두 이다음에 천국에서 꼭 하나님과 예수님과 행복하게 영생하는 축복을 주시옵소서. 예수님 이름으로 기도드렸습니다. 아멘.

박 노인은 자신의 신앙과 구원을 위해 뒤에서 말없이 기도한 아내의 기도문들을 읽으며 통곡했다.

"아니, 이 사람아! 내가 교회 가는 걸 그렇게 원했으면 나한테 말로 하지 이렇게 글로 잔뜩 써놓고 갔어! 나는 혼자 어떻게 살라고! 엉엉……."

박 노인은 한참을 울다가 잠이 들었고 그다음 날 유품 정리사와 아내의 기도문 공책을 비롯한 유품들을 차곡차곡 정리했다.

박 노인은 김 노인에게 예수사랑교회를 같이 다녀 보자고 이야기했다. 아내랑 아들이 살아 있을 때 열심히 교회에 나갔는데 이제 나도 다녀 보고 싶다고 했다. 아내의 유품을 정리하다 보니 자기를 위한 기도도 엄청 많이 한 것을 알게 되었다고 했다. 그런데 혼자 나가기 쑥스러워서 못 나가고 있으니 김 노인도 같이 가보자고 했다.

김 노인은 아주 어렸을 때 성탄절이라고 교회에서 맛있는 것 준다고 해서 나가 본 게 처음이자 마지막이었다고 했다. 박 노인은 김 노인에게 김요한 목사가 보내 준 메시지들과 설교 동영상들을 보여 주고 김 목사가 아직 젊은 사람이어서 그런가 설교가 아주 힘 있고 좋더라고 말했다.

예수사랑교회에 처음 출석하는 날, 박 노인은 와이셔츠에 양복 바지를 단정하게 입고 김 노인과 함께 갔다. 김요한 목사를 비롯한 교회 성도들은 두 명의 노인을 반겨 주었고 예배 후에 아주 맛있게 점심을 먹고 돌아왔다.

이번 주에 김요한 목사가 한 설교는 〈돌아온 탕자〉였다. 아버지 품을 떠나 방황하던 둘째 아들이 돌아오자, 아버지가 다시 반가이 맞아 준다는 내용으로 우리도 회개하고 하나님 앞에 나오면 하나님께서 맞아 주신다는 내용이었다. 박 노인과 김 노인은 함께 설교에 관해 이야기하면서 우리도 회개하면 하나님이 맞아 주시려나, 이렇게 늙었는데 하며 고개를 갸우뚱거렸다.

"둘째 아들이 아빠로부터 받은 재산을 다 탕진했는데도 용서를 받았으니, 우리도 하나님께 용서 받겠죠?"

박 노인의 질문에 대한 김 노인의 대답이 걸작이었다.

"하나님께 용서받으려면 술과 담배부터 끊어야 하지 않겠소? 허허."

김 노인의 말에 박 노인도 같이 웃으며 술과 담배를 끊어야겠다고 생각했다. 박 노인은 아내와 아들이 죽은 후 1년 정도는 술에 절어 살았지만 3년이 지난 지금은 다행히 술을 거의 안 마시게 되었다. 하지만 40년 넘게 계속 피워 온 담배를 끊기는 더 어려운 일이었다. 김 노인은 술과 담배 모두 안 하는 사람이었다.

동네 보건소에 알아보니 담배를 끊게 도와주는 금연 클리닉이 있었다. 더 좋은 것은 금연 클리닉이 무료라는 것이었다. 박 노인은 담배를 끊어야겠다는 강한 결심을 하고 금연 클리닉에 등록했다. 교회를 다니는 사람이 담배를 피우는 것은 우리를 창조하신 하나님께 죄를 짓는 것이란 생각도 강하게 작용했다. 박 노인은 6개월 동안 보건소 사람들의 도움을 받아 기적적으로 담배를 끊는 데 성공했다.

이번 주일에 김요한 목사는 죽음에 대해 설교했는데 히브리서 9장 27절 "한번 죽는 것은 사람에게 정해진 것이요 그 후에는 심판이 있으리니"라는 말씀이었다. 박 노인은 안 그래도 죽음에 대해 관심이 많았는데 김요한 목사가 구원과 죽음에 대해서 자세히 정리한 설교를 해주어 이해가 잘 갔다. 김요한 목사는 예수님께서 우리 죄를 대신하여 십자가에서 돌아가셨고 부활하셨기 때문에 우리는 예수님을 믿기만 하면 구원을 얻는다고 하였다. 그리고 사람은 누구나 한번 죽게 되어 있는데 그 후에는 하나님의 뜻에 따라 심판을 받고 천국을 가거나 지옥에 가게 된다는 것이었다.

박 노인은 하나님을 믿고 구원을 받는 것이 아니라 예수님을 믿고 구원을 받는다는 것이 처음에는 잘 이해가 가지 않았다. 김요한 목사에게 그 부분에 대해서 질문을 했더니 하나님은 원래 삼위일체의 하나님이시고 하나님, 예수님, 성령님의 세 가지 위격으로 존재하신다고 했다. 우리 죄를 위해서 십자가를 지신 분이 예수님이시기 때문에 우리는 예수님을 우리의 구세주로 믿어야 한다고 설명을 해주었다. 박 노인은 자기도 예수님을 잘 믿고 천국에 꼭 가야겠다고 생각했다.

박 노인은 동네 아파트 주민 지원 센터에 탁구대가 있는 것을 알게 되었다. 그래서 김 노인과 거기서 탁구를 자주 쳤는데 알고 봤더니 탁구 동호회가 있었다. 탁구대를 사용하는 것도 무료였다. 박 노인과 김 노인은 탁구 동호회에 가입하여 동네 사람들을 사귀게 되었다. 탁구 동호회 사람들은 아침 일찍 또는 저녁 퇴근 후 늦은 시간에 항상 탁구를 쳤다. 그리고 동네에 경로당이 있다는 것도 알게 되었다. 경로당에 가입하면 회비를 납부하게 되어 있는데, 아주 저렴하게 일정 금액 회비를 납부하면 월요일부터 금요일까지 점심을 먹을 수 있었다. 경로당에서는 노인들을 위한 여러 가지 프로그램도 있었다. 그림책 읽기, 노래방, 영화 감상, 그림 그리기 등이었다.

박 노인은 동네 도서관도 무료로 사용할 수 있다는 것을 알게 되었다. 자전거를 타고 도서관을 다니니 돈도 안 들고 탄소 배출도 안 하고 건강도 좋아졌다. 도서관에서 노년의 인생을 잘 사는 방법에 대한 책을 찾아보니 아주 많은 책이 있다는 것을 알게 되었다. 《죽을 때 후회하는 스물다섯 가지》, 《나는 죽을 때까지 재미있게 살고 싶다》, 《백살까지 유쾌하게 나이 드는 법》이 세 가지 책이 박 노인이 읽어서 가장 많은 도움을 받은 책들이다.

박 노인과 김 노인은 이제 외롭지 않았다. 친절한 주민센터 직원들이 독거노인이라고 가끔 전화해서 어려운 일이 있는지 물어봐 주고 문제가 있으면 바로 출동해서 해결해 주기도 하였다. 야쿠르트를 배달시켜 먹는데 야쿠르트 아줌마가 아침이면 벨을 꼭 누르고 밝게 웃는 얼굴로 인사를 하면서 야쿠르트도 주고 잘 지내고 있는지 확인하고 가줘서 얼마나 고마운지 모른다.

박 노인은 주위 사람들에게 도움만 받는 것 같아 자신도 뭔가 다른 사람들을 돕는 일을 하고 싶었다. 그런데 동네 경로당 회장을 하던 분이 서울로 이사를 하게 되어 경로당 회장을 할 사람을 찾고 있다는 공지가 게시판에 붙었다. 박 노인은 자신이 경로당 회장을 해도 되겠냐고 관리소에 문의했더니 관리소장이 전임 경로당 회장을 만나게 해주었다. 전임 경로당 회장은 박 노인에게 해야 할 일들을 자세히 알려주고 잘하실 수 있을 것이라며 자신감도 심어 주었다.

박 노인은 동네 경로당 회장이 되어 자신처럼 어려운

노인들을 도와주는 일을 맡아서 하게 되었다. 동네 경로당에는 빵이나 라면, 죽, 과자, 쌀 등의 물품들이 기증품으로 들어오는 경우가 많았다. 박 노인은 이런 물품들이 도착하면 동네 경로당에 가입한 노인들에게 배달하는 일을 맡아서 했다.

박 노인은 동네에 자기처럼 독거노인으로 살고 있는 노인들이 몇 가구나 되는지 알아보았다. 박 노인과 김 노인을 포함하여 총 10가구가 독거노인으로 혼자 살고 있는 것으로 파악되었다. 박 노인은 김 노인과 함께 8가구를 모두 방문하여 자신이 경로당 회장이자 독거노인이라고 소개하고 경로당과 탁구 동호회, 예수사랑교회를 소개하였다. 경로당에서 평일 점심에 식사를 저렴하게 할 수 있는 것과 여러 가지 프로그램을 수강할 수 있다고 알려주었다. 탁구 동호회에 가입하면 동네 사람들을 사귀고 운동도 해서 건강도 더불어 좋아진다는 것도 알려주었다.

예수사랑교회를 다니면 토요일에 독거노인들에게 반찬 배달이 오고 주일날 예배가 끝나면 다 같이 식사한다는 것도 알려주었다. 교회에서 맛있는 몸의 양식만 주는 것이 아니고 목사님의 은혜로운 설교를 들으면 신령한 영의 양식을 공급받게 되니 이 또한 유익하다고 했다.

또한 박 노인과 김 노인은 등산하는 것과 자전거 타는 것을 아주 좋아하는데 시간이 되면 같이 운동하자고 제안

하였다. 아직 경로당과 탁구 동호회에 가입하지 않았던 노인들 몇 명이 박 노인의 소개로 가입하였고, 또 몇 명은 같이 예수사랑교회에 출석하기 시작했다.

또 박 노인은 김요한 목사에게 교회에서 무언가 봉사를 하고 싶다고 했다. 곰곰이 생각해 보던 김요한 목사가 교회 마당 청소를 도와주시는 것이 좋겠다고 하였다. 그때부터 박 노인과 김 노인은 토요일마다 빗자루로 교회 마당을 깨끗이 쓸고 꽃에 물을 주고 주일 예배 준비 하는 일을 맡아서 열심히 하였다.

박 노인과 김 노인이 이렇게 열심히 1년 정도 교회를 빠짐없이 다니자, 김요한 목사가 두 분에게 세례를 드려야겠다고 했다. 세례가 뭐냐고 물으니까, 육체는 죽고 예수님 안에서 영적으로 다시 태어남을 상징하는 의식이라고 했다. 1주일에 한 번씩 한 달 동안 교회에서 예배 후에 하나님, 예수님, 성령님 그리고 교회에 대해서 배우는 시간을 가지며 세례를 준비했다. 박 노인과 김 노인은 같은 날 세례 문답도 잘 통과하여 세례를 받았다.

그러던 중에 예수사랑교회 교인 중에 아흔네 살인 할머니가 돌아가셨다. 그 할머니는 많은 연세에도 불구하고 아주 건강하셔서 돌아가신 그 주일에도 교회에 나오시고 식사도 맛있게 드시고 집으로 가셨다. 그런데 그날 밤에 주무시는 것같이 편안하게 돌아가신 것이다.

박 노인과 김 노인은 할머니 문상을 갔는데 김요한 목사가 장례 절차를 다 주관해서 진행해 주고 교회 묘지가 있어서 돌아가신 할머니를 그곳에 모셨다. 김요한 목사는 할머니가 이제 눈물도 없고 슬픔도 없는 천국에 가셨고 우리도 하나님이 정하신 때가 되면 천국에 갈 것이라고 설교했다.

　　할머니의 장례 절차가 다 끝난 후에 박 노인이 김요한 목사를 찾아갔다. 박 노인은 자기도 죽으면 교회 묘지에 묻힐 수 있냐고 조용히 물어 봤더니 김 목사가 "당연히 모셔 드려야지요" 하고 대답했다. 박 노인이 그렇게 걱정하던, 자기가 죽은 뒤에 어디에 묻힐 것인가 하던 문제가 드디어 해결된 것이다! 박 노인은 하나님께 김 목사를 만나 예수사랑교회를 다니게 하시고 자신의 장례 문제도 해결된 것에 대해 깊은 감사 기도를 드렸다.

　　박 노인은 이제 보고 싶은 아내와 아들을 천국에서 다 함께 만날 수 있겠다는 기쁨을 가지고 뜨거운 눈물을 흘렸다. 이제는 잠을 자다가 아내와 아들이 꿈에 나와도 편안하고 다정한 표정으로 흰 옷을 입고 나왔다.

　　독거노인 박 노인은 이제 참으로 행복하고 마음에 진정한 평화가 찾아왔다.

♥ 마음이 따뜻한 사람들

상열이 아빠 이인섭은 고향이 강원도 양양이다. 이인섭의 아버지이자 상열이 할아버지인 이만식 노인은 평생 양양에서 배를 타고 고기를 잡아 온 어부다. 이인섭은 양양에서 태어나서 자랐는데 어렸을 때부터 공부를 잘했다. 고등학교까지 양양에서 공부했는데 학교에서 항상 일등을 차지했다. 대학교 진학을 서울로 했고, 졸업 후 취직해서 서울에서 줄곧 살았다.

　　이인섭은 같은 대학에서 함께 공부하던 여학생과 졸업한 지 몇 년 후 결혼했는데 결혼하고 2년이 지나서 상열이가 태어났다. 상열이 엄마는 상열이를 낳은 후에도 계속 직장을 다녔다. 상열이네 세 식구는 처음에는 지하 빌라에서 월세로 시작했지만, 열심히 돈을 모아서 1층으로 이사를 하였고 상열이도 낳고 서울에서 행복하게 살았다. 상열이 할아버지 이만식 노인은 양양에서 혼자 살고 있었다.

　　상열이가 아홉 살이 되었을 때 이만식 노인이 바다에서

배를 타고 멀리 나가서 낚시를 하다가 오른쪽 눈에 낚싯바늘이 박히는 사고를 당하고 말았다. 빨리 응급처치를 하고 병원에 가서 치료받아야 했다. 그러나 바닷가에서 멀리 떨어진 곳에서 발생한 사고라 병원에 가서 치료를 받기까지 시간이 오래 걸렸다.

이 사고로 이만식 노인은 오른쪽 눈의 시력이 아주 안 좋아졌다. 게다가 왼쪽 눈마저 시력이 나빠졌다. 평생 배를 타고 어부로 살아온 그는 계속 배를 타고 고기를 잡고 싶었지만, 시력이 갈수록 나빠졌다. 결국 배를 타지 못하게 되었을 뿐만 아니라 집 밖으로 혼자 외출하기 힘들 정도로 시력이 안 좋아졌다.

상열이 아빠 이인섭은 아버지를 어떻게 모셔야 할지 고민이 많았다. 아버지는 눈이 잘 보이지 않으면서도 혼자 지낼 수 있다고 했지만, 이인섭은 멀리 떨어진 양양에서 아버지가 혼자 지내시는 것이 마음에 걸렸다. 서울에서 같이 살자니 아버지가 갑갑해할 것 같고, 양양으로 내려가서 함께 살자니 어촌에서 이인섭이 돈을 벌 수 있는 새로운 직장이나 직업을 찾아야 했다. 그리고 도시에서 나고 자란 상열이 엄마가 양양으로 내려가서 시아버지와 함께 살자고 하면 어떤 말을 할 것인가 두려워서 말도 꺼내지 못하고 있었다.

그런데 하루는 상열이 엄마가 먼저 이인섭에게 아버님이 혼자 양양에서 사시니 우리가 내려가서 모셔야 하지 않겠냐고 말을 꺼냈다. 이인섭은 안 그래도 상열이 엄마와 그 문제를 같이 이야기해 보고 싶었는데 먼저 말을 꺼내 주니 반갑고도 고마웠다.

"여보, 아버님이 눈도 잘 안 보이시는데 혼자 양양에 살고 계시니 어쩜 좋아요? 우리가 양양으로 가서 함께 모시고 살아야 하지 않을까요?"

"상열이 엄마! 안 그래도 내가 그 문제를 당신이랑 상의하고 싶었는데 이렇게 먼저 이야기해 줘서 정말 고마워. 요즘 사람들은 지방으로 내려가는 것도 싫어하고 시아버지를 모시는 것도 아주 부담스러워하는데 당신은 정말 착한 마음씨를 가졌소."

"당신이 독자인데 당연히 우리가 모셔야지요. 아버님이 추운 바닷가에서 눈도 잘 안 보이시고 게다가 혼자 살고 계시는 게 항상 마음이 걸려요."

"그런데 양양으로 이사를 하면 어촌에서 내가 딱히 할 줄 아는 일이 없으니 당장 먹고살 길이 걱정이오. 그동안 저축해 놓은 돈이 있으니 당분간 생활비는 그 돈으로 충당하면 되겠지만 몇 푼 안 되는 돈이라서……."

"동네 이장님이나 아버님과 상의하다 보면 반드시 좋은 길이 있을 거예요. 산 입에 거미줄 치겠냐는 속담도 있잖아요."

이인섭과 아내는 아버지를 어떻게 편히 모실까 계속

상의하다가 결국 양양으로 세 식구가 다 같이 내려가서 함께 살기로 결정했다.

이인섭은 아버지의 집이 너무 춥고 화장실도 불편하여 상열이와 엄마가 함께 살기 힘들 것을 염려해서 먼저 집수리를 했다. 이만식의 집은 아직 연탄으로 난방하는 집이었다. 이인섭이 그동안 기름보일러로 바꿔 드리겠다고 여러 번 말했지만, 이만식이 괜찮다고 해서 못 바꾸고 있었다. 이인섭이 상열이와 상열이 엄마도 같이 와서 살게 됐으니, 이번에는 기름보일러로 꼭 바꾸겠다고 이만식을 설득해서 바꿀 수 있었다. 집수리가 잘 끝난 후 이사를 했다.

이인섭 내외가 그동안 저축해 놓은 돈으로 당분간 생활비를 쓰기로 했다지만 몇 달이 지나자 바닥이 났다. 얼른 직장을 구해야 했다. 이인섭은 고등학교 때까지 양양에서 살았지만, 집에서 책만 보고 공부만 했기 때문에 바다에서 하는 일은 전혀 할 줄을 몰랐다. 바닷가에서 자랐는데 수영도 잘 못했다. 이인섭은 동네 이장님을 찾아가 자신이 이만식의 아들 이인섭이라고 소개하고 서울에서 이사를 왔다고 하였다. 그리고 바닷일은 하나도 할 줄 모르긴 하지만 가르쳐 주면 열심히 따라 하겠노라고 하였다.

이인섭이 고등학교 때 양양에서 같이 공부했던 친구들에게 연락을 해봤더니 같은 반으로 친했던 문동철이라는 친구가 양양에 살고 있다는 것을 알게 되었다. 물어물어 전화번호를 알게 되어 연락했더니 그 친구는 배도 두 척이나 갖고 있고 여러 가지 물고기들과 문어, 게 등을 잡아서 살고 있었다. 그 친구는 복어를 주로 잡는데 복어조리기능사 자격증도 갖고 있었다.

이인섭은 문동철 친구의 배를 함께 타면서 복어를 비롯한 각종 물고기를 잡는 법과 문어, 게 등의 해산물들을 잡는 방법을 배웠다. 동철 아저씨는 이인섭과 바다낚시를 하고 오면 수고비도 넉넉히 챙겨 주었다. 이인섭은 복어 잡는 법을 익히고 복어조리기능사 자격증도 따서 몇 년 후에는 복어잡이 배를 하나 사서 선장이 되어야겠다는 계획을 세웠다.

동철 아저씨의 도움으로 상열이네 집은 형편이 조금씩 나아지고 양양 생활에 적응해 가는 것 같았다. 그런데 상열이 엄마가 양양으로 이사 온 지 1년 만에 갑자기 중병에 걸리고 말았다. 상열이 엄마도 뭔가 일을 해서 가계에 보탬이 되어야겠다고 무리해서 식당 일과 해산물 다듬는 일 등을 하다가 병이 난 것이다. 상열이 엄마는 대학을 졸업하고 주로 사무실에 가만히 앉아서 하는 일들을 주로 했는데, 식당 일을 비롯한 몸을 쓰는 알바들을 갑자기 너무 무리하게 한 것이 화근이었다.

상열이 엄마는 하나뿐인 상열이를 사랑을 듬뿍 주며 키웠고 항상 웃는 얼굴로 아들을 대했다. 상열이는 엄마의 사랑으로 항상 주위 사람들에게 기쁨을 주고 긍정적인 사고를 가진 어린이로 잘 자라고 있었다. 하지만 이미 죽음이 드리운 상열이 엄마의 짧은 목숨을 사람의 마음대로 길게 늘일 수는 없었다.

상열이 엄마는 상열이와 마지막으로 이야기할 때 이렇게 말했다.

"상열아!"

"네, 엄마!"

"엄마가 오래오래 살아서 상열이를 지켜 줘야 하는데 먼저 가게 돼서 정말 미안하구나. 엄마가 천국에서 상열이 잘 지내고 있는지 늘 보고 있고 상열이를 위해 기도할게. 항상 기쁘게 살도록 노력하고 할아버지와 아빠 말씀 잘 듣고 잘 지내다가 천국에서 다시 잘 만나자. 알았지?"

상열이는 엄마와 이별을 한 후 한 일주일 동안 계속 울었지만, 항상 기쁘게 살라고 하신 엄마 말씀을 생각해서 울음을 그쳤다.

상열이 엄마를 하늘나라로 보내고 1년 정도 지난 어느 날, 동네 이장님이 이인섭에게 양양에서 배를 타고 더 북쪽으로 올라가면 수온이 낮아져서 더 비싼 물고기들을 많이 잡을 수 있다고 하였다. 이인섭은 그러면 같이 배를 타고 북쪽으로 고기잡이를 가자고 하였다. 이장님과 이인섭, 동네 주민 3명, 이렇게 5명이 배를 타고 고성보다 더 북쪽으로 올라가서 북한과 가까운 곳에서 조업했는데 그물에 물고기들이 한가득 잡혔다.

잡힌 물고기들을 배 위로 끌어올리려고 하는데 그날따라 날씨가 무척 안 좋았다. 비가 세차게 오고 파도도 높았다. 배의 선장인 이장님은 배의 방향을 남쪽으로 돌리려고 하고 있었고, 이인섭과 동네 주민 3명은 잡힌 물고기들을 붙들고 있었다. 이장님이 배 키를 남쪽으로 돌리고 뒤를 돌아보니 이인섭이 안 보였다. 그게 이인섭의 마지막이었다. 이장님과 동네 주민 3명은 모두 잘 돌아왔는데 이인섭은 행방불명이 되었고 다시 돌아오지 못했다. 이장님을 비롯하여 배에 같이 탔던 주민들은 아마도 이인섭이 그물을 붙들고 있다가 놓쳤는데 수영을 잘 못하니 바다에 빠져서 익사했다고 생각했다. 상열이 열한 살 때 일어난 엄청난 사고였다.

상열이는 이제 눈이 잘 안 보이는 이만식 할아버지와 단둘이 양양에서 살아가게 되었다. 초등학교 4학년인데 밥하는 것부터 시작해서 모든 집안일을 도맡아 하게 된 것이다.

상열이는 사랑을 듬뿍 줘서 자신을 키웠던 엄마를 항상 떠올리며 하루하루 기쁘게 살아가려고 노력했다. '상열'이라는 이름도 엄마가 항상 상常, 기쁠 열悅이라고 항상 기쁘게 살라고 지어 주신 이름이었다. 상열이 엄마는 아기가 잘 안 생겨서 100일 동안 건강한 아기를 주십사 열심히 기도

한 후에 임신하게 되었다고 했다.

상열이 엄마는 교회를 열심히 다니고 하나뿐인 아들을 위해서 기도를 정말 많이 했다. 상열이 엄마는 상열이에게 성경책을 하나 사주면서 하루에 한 번 이상 꼭 성경을 읽으라고 하고 모든 문제의 해답은 성경책에 있다고 했다.

상열이가 학교에서 친구들과 싸우거나 기분 나쁜 일이 있어서 풀이 죽어 집에 와도 자기를 반기는 엄마의 환하게 웃는 얼굴에 항상 기쁨을 되찾곤 하였다.

상열이는 학교에서 항상 웃으며 밝고 긍정적으로 생활해서 선생님들과 친구들에게 인기가 많았다. 재밌고 웃기는 이야기를 많이 해서 주위 사람들에게 기쁨을 주었다. 또 선생님이 오늘은 수업을 어떻게 하자고 하면 언제든지 긍정적으로 협조하고 열심히 수업에 임했다. 상열이의 이런 밝고 긍정적인 모습에 선생님들과 친구들은 상열이가 몸이 불편한 할아버지와 단둘이 조손가정에서 자라고 있다는 것을 눈치채지 못할 정도였다.

학교가 끝나면 상열이는 지역아동센터에 가서 공부하고 친구들과 재밌게 놀다가 집으로 돌아왔다. 상열이는 지역아동센터에서 오카리나도 배웠다. 상열이는 엄마랑 아빠가 보고 싶을 때면 오카리나를 혼자 연주하며 외로움을 달래곤 했다. 상열이가 가장 즐겨 연주하는 곡은 〈아빠는 엄마를 좋아해〉였다.

상열이가 5학년 때 양양군에 있는 지역아동센터 학생들이 실내체육관에 모두 모여 장기 자랑을 하는 행사가 있었다. 상열이는 같은 지역아동센터에서 공부하는 친구들과 오카리나 합주를 했다. 상열이는 오카리나를 가장 잘 연주하는 학생으로 뽑혀서 중간에 나오는 독주 부분을 대표로 혼자 연주하였다. 상열이가 무대에 선다고 동철 아저씨가 상열이 할아버지와 함께 꽃다발도 준비해 오고 축하해 주었다.

상열이가 다니는 지역아동센터의 선생님들은 친절하게 공부도 잘 가르쳐 주고 항상 간식과 저녁식사를 맛있게 해 주었다. 할아버지가 집에서 혼자 상열이를 기다리고 있는 것을 아는 선생님들은 상열이에게 할아버지가 드실 밥과 반찬을 챙겨서 주곤 하였다.

이인섭이 마지막으로 배를 탔을 때 같이 갔던 이장님은 그가 돌아오지 못한 것이 자기 잘못인 양 상열이와 할아버지에게 많이 미안해하고 괴로워했다. 이장님은 이만식 노인에게 용돈도 드리고 그들을 도울 수 있는 일이라면 뭐든 찾아서 했다.

마을에서 어렵게 사는 가정들을 선정하여 집수리를 해 주는 행사가 있었는데 이장님이 상열이네 집이 선정되도록 했다. 그래서 집수리 후에는 예쁜 상열이 방이 하나 새로 생기게 되었다. 부엌도 신식으로 많이 고쳐서 상열이가 부엌일을 하는 데 더욱 편리해졌다. 또 동네에 누가 쌀 한 가마니, 라면 등 기부를 하면 상열이네 집이 가장 먼저 도움을 받도록 해주었다.

아빠 친구 동철 아저씨도 상열이네를 많이 도왔다. 동철 아저씨에게도 아들이 하나 있었는데, 상열이보다 세 살 많은 형이었다. 동철 아저씨는 아들이 입다 작아진 옷 중에서 깨끗한 옷들을 상열이에게 가져다주었다. 상열이 생일이나 크리스마스 때는 옷가게에 같이 가서 새 옷을 사주었다. 동철 아저씨의 아내는 상열이와 할아버지가 먹을 김치도 담가서 갖다 주고 미역, 멸치, 김, 된장, 고추장 등을 챙겨 주었다. 동철 아저씨는 직접 잡은 생선과 문어 등을 갖다 주곤 하였다.

상열이와 할아버지는 나라에서 생활보호대상자로 선정되어 매달 생활비를 받았지만, 항상 절약해서 살아야 했다. 상열이가 다니는 초등학교가 집에서 조금 멀어서 버스로 네 정류장 정도 가야 했는데 버스비를 아끼고자 상열이는 항상 걸어 다녔다. 날씨가 좋은 날은 별 문제가 없었지만 눈비가 올 때 우산을 쓰고 미끄러운 길을 네 정류장이나 걸어가는 일은 아직 초등학생인 상열이에겐 힘든 일이었다. 상열이는 버스를 타고 다니는 친구들이 아주 부러웠지만 버스비를 아껴서 모으면 할아버지랑 같이 맛있는 떡볶이도 사먹을 수 있으니 조금만 참자고 속으로 생각하곤 하였다.

상열이 할아버지는 눈이 잘 안 보여 집에 가만히 있는 것을 아주 답답하게 생각했다. 평생 배를 타고 바다에서 물고기를 잡던 분이 집에만 있으니 너무 답답하다고, 바다로 좀 나가고 싶다고 항상 이야기했다. 이장님에게 자신도 데리고 바다로 좀 같이 나가자고 졸라 보기도 하였으나 이장님은 눈이 잘 안 보이는 할아버지가 배를 타고 나갔다가 사고라도 당할라 고개를 절레절레 저었다.

상열이 할아버지는 아들 이인섭이 행방불명된 후 갈수록 시력이 나빠졌다. 아들을 생각하며 울고 있을 때가 많았던 것이다. 오른쪽 눈은 거의 안 보였고, 왼쪽 눈도 갈수록 시력이 나빠졌다. 상열이는 할아버지를 걱정하다가 동철 아저씨를 찾아가 말씀을 드렸다.

"동철 아저씨, 할아버지 눈이 계속 더 나빠지고 있으니 어떡하죠? 전에는 그래도 눈앞에 가까운 것은 보셨는데 점점 더 못 보시는 것 같아요."

"그래? 할아버지를 모시고 같이 안과에 가봐야겠구나."

상열이와 동철 아저씨는 할아버지와 같이 병원에 가서 진찰을 받아 보았다. 의사 선생님이 이렇게 알려주었다.

"상열이 할아버지를 전에 뵈었을 때는 가까운 것은 구분하실 수 있는 수준이었는데 지금은 장애 등급을 받을 수 있는 수준으로 시력이 몹시 나쁜 상태가 되셨네요. 할아버지 눈이 나빠지신 것은 안 좋은 일이지만, 대신 장애 등급을 받으면 나라의 지원과 여러 가지 혜택을 받을 수도 있고 요양보호사들의 도움도 받을 수 있으니 신청해 보도록 하세요."

상열이가 할아버지의 장애 등급을 신청하는 것을 동철 아저씨가 도와주었다. 심사 결과 상열이 할아버지는 장애 등급을 받았다. 1주일에 두 번씩 요양보호사가 와서 세 시간씩 청소와 빨래 등 집안일을 해주었다. 상열이가 집안일을 모두 해야 하는 부담을 덜게 되어 참 다행이었다. 할아버지의 목욕과 머리를 감겨 드리는 것도 상열이가 했었는데, 요양보호사가 오면서부터는 요양보호사가 맡아서 했다.

상열이네 집에는 요양보호사가 월요일, 목요일 두 번 왔는데 하루는 요양보호사가 영어로 주소가 쓰여 있는 편지 봉투를 가지고 왔다. 그때 상열이와 할아버지는 아침밥을 먹고 있었다. 상열이가 씩씩하게 인사를 했다.

"선생님, 안녕하세요! 오늘도 일찍 오셨네요. 그 편지 봉투는 뭔가요?"

"아, 이거. 선생님이 아프리카 우간다에 사는 어린이를 돕고 있는데 그 어린이가 선생님한테 잘 지내고 있다고 편지를 보낸 거야. 우체통에 있길래 읽어 보려고 가져왔지."

그때 조용히 식사하던 이만식 노인이 갑자기 말을 꺼냈다.

"요양보호사님이 돈을 많이 버는 것도 아닐 텐데 아프리카 어린이를 돕고 참 대단하십니다."

"우리나라에 우리보다 어렵게 사는 해외 어린이들을 돕는 여러 단체가 있더군요. 하지만 저도 많이는 못 하고 매달

3만 원씩만 후원하고 있어요."

"나랑 상열이도 우리나라와 동네 사람들, 요양보호사님
등의 도움으로 살아가고 있는데 나도 아프리카 어린이들을
돕고 싶군요. 매달 만 원만 후원할 수 있을까요?"

"네, 제가 후원하는 단체에 알아보겠습니다."

요양보호사는 아프리카 어린이를 후원하는 단체에 알
아봐서 상열이 이름으로 매월 1만 원씩 후원하겠다고 신
청했다.

상열이네 집에는 나라에서 지원을 해줘서 생긴 노트북
이 하나 있었다. 상열이는 요양보호사에게 유튜브로 노래
듣는 법과 오디오북을 귀로 듣는 방법을 알려 드렸다. 요양
보호사는 이만식 노인이 옛날 고기 잡을 때 잘 부르던 노래
나 트로트 노래, 찬양들을 들을 수 있게 도와줬다. 유튜브에
는 성경을 비롯한 책들을 오디오북으로 만들어서 업로드한
동영상들이 아주 많은데, 이만식 노인이 책들을 귀로 듣는
것을 즐겨 하니 참 다행이었다. 이만식 노인은 좋아하는 노
래들과 책들을 유튜브에서 들으면서 상열이가 학교와 지역
아동센터에 갔다가 돌아올 때까지 기다리곤 했다.

상열이 아빠 이인섭이 행방불명이 된 지 3년이 흘렀다.
상열이는 이제 14살이 되어 씩씩하게 초등학교 졸업식을
마치고 중학생이 되었다. 할아버지는 이번에도 동철 아저

씨의 도움으로 초등학교 졸업식에 참석했는데, 졸업생 대표로 상열이가 답사를 하고 우등생 상장도 받아서 매우 기뻐하고 대견해했다. 하지만 상열이 엄마와 아빠가 이 기쁜 날 함께 축하해 줄 수 있었으면 얼마나 더 좋았을까 생각하면서 눈물을 흘렸다.

이만식 노인은 눈이 잘 안 보이는 것이 문제였지만 다행히 건강상에 다른 큰 문제는 없었다. 상열이는 아빠를 닮아서 공부를 잘하고 여전히 밝은 얼굴로 학교생활을 잘하고 있었다. 상열이는 자기가 어른이 돼서도 할아버지를 잘 모셔야 한다고 생각해서 아빠처럼 서울로 유학 가지 않고 양양에서 계속 할아버지와 함께 살겠다는 기특한 생각을 하고 있었다. 상열이는 학교 갔다가 집에 오면 하루 종일 혼자 계셨던 할아버지에게 밝게 웃으며 그날 있었던 재밌는 이야기들을 해드렸고, 오카리나 연주를 하거나 노래를 불러서 할아버지를 기쁘게 했다.

이인섭이 이장님 배를 타고 북쪽으로 올라가서 조업할 때 비가 아주 많이 오고 파도가 높이 쳐서 배가 많이 흔들렸다. 이인섭은 그때 그물을 붙들고 간신히 버티고 있었는데 그만 그물을 놓치는 바람에 바다에 빠지고 말았다. 그는 바닷물을 많이 마시고 정신을 잃었다.

나중에 깨어나 보니 북한 군인들이 있는 북한 바닷가였다.

그가 타고 간 배의 자동조종장치가 사고 당시에 제대로 작동을 안 해서 배가 북한 영해까지 올라갔었나 보다.

이인섭은 혹시나 북한 군인들이 자신을 죽일까 봐 두려워서 겉으로는 북한 사람들의 지시를 아주 잘 따르는 듯이 행동했다. 하지만 마음속에는 양양에 두고 온 상열이와 아버지에게 다시 돌아가야 한다는 생각밖에는 아무 생각이 없었다.

북한 사람들은 그에게 사상 교육을 1년간 했다. 그리고 그가 남한말을 잘하는 것과 남한 지리에 익숙하다는 것에 착안하여 남파간첩으로 다시 남한으로 보내려고 했다. 그래서 특수 간첩 교육까지 받게 했다.

이인섭은 북한에서 3년 동안 지낸 후 남파간첩으로 중국을 거쳐서 우리나라로 입국하게 됐다. 북한 정보원과 둘이 같이 입국하기로 했다. 북한 정보원은 같이 공작하는 사람이었지만 그의 일거수일투족을 감시해서 상부에 계속 보고하는 감시자이기도 했다. 이인섭과 북한 정보원은 위조한 대한민국 여권을 가지고 중국 심양 공항에서 인천 공항으로 향하는 비행기를 탈 예정이었다.

이인섭은 비행기를 타기 전에 심양 공항 화장실에서 북한 주민들의 탈출을 돕는 브로커를 우연히 만났다. 브로커는 화장실에서 탈북을 도와주는 다른 북한 사람과 몰래 통화하고 있었는데 이인섭이 그 통화를 엿듣게 된 것이다. 그

브로커도 자신과 같은 비행기를 타고 인천 공항으로 간다고 했다.

이인섭은 브로커에게 자신은 원래 대한민국 사람인데 동해에서 고기를 잡다가 표류해 북한에서 살다가 남파간첩이 되었다는 사실을 이야기하면서 제발 도와달라고 했다. 양양에 아들과 아버지가 살고 있어서 다시 꼭 고향으로 돌아가야 한다고 사정사정했다.

이인섭과 브로커는 인천 공항에 도착할 때 북한 정보원의 눈을 피해 옷과 가방을 서로 바꿔서 북한 정보원을 따돌렸다. 이인섭은 인천 공항에 도착하자마자 출입국관리사무소에 급히 찾아가서 직원들에게 자신을 도와달라고 간청했다. 이인섭은 기적적으로 탈북에 성공하여 꿈에도 보고 싶던 상열이와 아버지의 품으로 돌아오게 된 것이다!

이인섭이 돌아오자, 이만식 노인은 갑자기 눈도 더 잘 보이고 소화도 더 잘 된다고 하면서 행복해했다. 상열이도 이제는 집안일을 아빠와 나눠서 하게 되어 공부할 시간도 더 많아졌다. 아빠가 해주는 밥도 꿀맛이었다. 상열이는 사실 부모님이 있는 친구들이 속으로는 정말 부러웠었는데 이젠 나도 아빠가 있다는 생각에 정말 힘이 많이 났다.

이인섭이 돌아온 것을 동네 사람들이 모두 환영했는데, 가장 기뻐한 사람들은 바로 이장님과 동철 아저씨였다.

이장님은 이인섭이 자기 때문에 행방불명되었다고 항상 마음의 짐을 지고 살았는데, 이제 그 짐을 덜게 되었다고 좋아했다. 이인섭은 동철 아저씨와 함께 다시 복어 낚시를 열심히 하고 복어조리기능사 자격증도 따서 몇 년 후에는 복어잡이 배를 하나 사서 드디어 선장의 꿈을 이루었다.

상열이도 아빠랑 배를 자주 같이 타면서 복어를 어떻게 잡는지도 배우고 자기도 아빠같이 훌륭한 선장이 되겠다는 부푼 꿈을 키워 나가게 되었다.

♥ 엇갈린 사랑

나는 도무지 이유를 알 수가 없었다.

'내가 왜 P의 송별회에 꼭 가야 하지?'

P가 회사를 그만두고 미국으로 이민을 떠난다는 연락을 받은 그날, 송별회가 있는데 나보고 꼭 참석해 달라는 전화가 왔다. 처음엔 그 팀 선배 송 대리가 전화를 했다. 내가 갈지 말지 잘 모르겠다고 대답했더니 P가 직접 전화를 해서는

"김세정 씨가 송별회에 꼭 와주셔야 합니다! 제발요."

하면서 간곡하게 부탁을 하는 것 아닌가.

그날 나는 별다른 약속은 없었으나 매주 정기적으로 금요일에 하는 백업 작업을 해야 했다. 두 시간가량 작업을 하고 P가 있는 사무실 쪽으로 이동하려면 30분 정도 걸릴 것이다. 그때쯤이면 송별회는 거의 다 끝났을 거고, 무엇보다 내가 왜 참석해야만 하는지 특별한 이유가 생각나지 않았다. 게다가 최근엔 1년 이상 서로 연락이 없었다.

P와 나는 입사 동기로 3개월 교육을 받은 후 같은 팀으로

발령이 났다. 나는 입사 당시 솔로였다. 한창 남자친구를 사귀어 보고자 총각 직원들을 한 명 한 명 머릿속에 떠올리고 계산기를 두드리기 바쁜 시절이었다. 그때 입사 동기 중 임자 있는 '유부남'이 딱 세 명 있었는데, 그는 그중 한 명이었다. 그런 이유에서 그는 나의 관심 한참 밖이었다.

나는 대학을 졸업한 후 컴퓨터 회사에 입사했다. 전공이 아니었던 터라 컴퓨터에 대해서 잘 몰랐다. 그런 나를 회사에서는 A부터 Z까지 컴퓨터가 뭐고 컴퓨터 프로그래머로 무슨 일을 어떻게 해야 하는지 자세히 교육해 주었다. 그때 같이 입사한 동기들이 남자 40명에 여자 10명, 총 50명이었다. 나는 최선을 다해 공부하는 척 해보긴 했으나 이미 4년 동안 대학에서 전산이나 컴퓨터를 전공한 동기들보다 실력이 한참 밀릴 수밖에 없었다. 50명을 놓고 인사팀에서는 시험을 칠 때마다 1등부터 50등까지 등수를 매겨 가며 어떻게 배치할지 시뮬레이션(모의시험)을 하는 듯했다.

드디어 3개월의 시간이 지나고 우리 동기 중에 가장 우수한 2명에게 선물을 준다고 했는데 그때 P가 1등 상을 받았다. 그제야 나는 P라는 존재를 알게 되었다.

P는 워낙 사람이 조용한 타입이어서 나의 관심을 끌지 못했고, 또 내 입장에서 임자 있는 '유부남'은 노땡큐였다. 나중에 알고 보니 그는 서울에 있는 과학기술을 잘 가르치

기로 손꼽히는 일류대학 컴퓨터과 출신이었다. 이미 대학을 다니면서 컴퓨터 잡지에 기고할 정도로 수준 있는 컴퓨터 전문가였다.

그러나 그는 이름부터가 너무 촌스러웠으며, 머리도 어느 이발소를 다니는지 항상 더벅머리였다. 옷도 언제나 어울리지 않는 상하 모두 체크무늬로 촌스러웠고, 말도 충청도 사투리가 묻어나 천천히 말하고 천천히 웃었다. 게다가 안경도 유행에 어울리지 않게 알이 너무 컸다. 어느 것 하나 IT 전문가로서의 전문성이나 기품이 묻어나지 않는 외모와 말투였다. 나는 그냥 P와 그가 받은 1등 상에 큰 의미를 부여하지 말자고 생각했다.

그런데 내가 P의 존재를 무시할 수 없는 일이 일어났다. 하필이면 P와 내가 같은 팀에 배치된 것이다. 나는 '하고많은 총각 직원들을 놔두고 P와 같이 멋없는 유부남과 같은 팀이 되었는가 재수도 참 많이 없네' 하고 생각했다. 나중에 생각해 보니 내가 직장에서 시험 본 점수가 별로 좋지 않으니 점수가 높은 P와 나를 한 세트로 같은 팀에 배치했나 보다 하는 생각도 들었다.

P와 나는 같은 팀에 배치는 되었지만 정말 다행히도 하는 일은 전혀 달랐다. P는 인사 시스템을 관리하는 일을 했는데 몹시 어렵고도 복잡한 일이었다. 각종 인사 정보들을 관리하는 일을 했다. 특히 매달 월급을 제대로 계산해서

월급이 얼마인지 메일로 보내 주고, 직원들 은행 계좌에 제대로 봉급이 입금되도록 하는 중요한 일을 맡아서 했다. P는 나에게는 거의 암호 수준으로 보이는 코드들을 보면서 그 일을 묵묵히 해냈다. 매달 하는 월급 작업을 할 때 야근은 필수였다.

이에 비해 나는 복잡한 전산 일과는 거리가 있는 상대적으로 쉬운 일을 맡아 했다. 우리 팀의 각 파트 주간업무 보고를 모아서 팀장에게 보고서를 제출하는 일과 사내 메일과 특허 및 안전 시스템 관리, 사보 관리, 홈페이지 교육 및 관리 등 개수는 많지만 상대적으로 내 얕은 IT 지식으로 커버가 가능한 일들을 담당했다.

P와 같은 팀에 근무하면서도 같이 밥을 먹는 경우는 거의 없었다. 아무래도 식사는 함께 일하는 같은 파트 사람들끼리 하기 마련이어서 나는 팀 내 여직원들과 식사하는 경우가 많았다.

그런데 정말 어쩌다 P와 단둘이 식사를 하게 됐다. 그날은 둘 다 야근이어서 단둘이 손님이 별로 없는 한적한 식당 구석에 앉아 식사하게 되었다. 그런데 어쩌다 이야기 소재로 '성매매업소'가 등장했다.

"아, 옛날에 대학 다닐 때 우리 학교 근처에 그런 집들이 많이 있었어요. 그런 데 가는 남자들 정말 이해가 안 돼요."

나는 그런 남자들이 정말 이해가 안 된다며 동의를 구하는 말을 했는데, P의 대답이 걸작이었다.

"저도 가봤어요."

"네? 뭐라고요?"

나는 자기도 가봤다는 P의 말에 내 귀를 의심하며 다시 물었다.

"저도 가봤다고요."

"언제요?"

아니 결혼도 했다는 사람이 그런 데를 왜 가?

"군대에서 병장님이 같이 가자 그래서 몇 명이 함께 갔다 왔어요."

나는 눈이 아주 동그래진 것뿐만 아니라 어안이 벙벙하여 아무 말도 하지 못했다. 물론 P가 결혼하기 전에 군대 있을 때 여자가 그리워 다녀왔을 것이다. 선배 병장이 같이 가자고 잡아끌어서 갔다 왔을 수도 있고. 하지만 나의 윤리의식으로 생각해 보건대 그런 업소에 다녀오는 것은 잘못한 행동이다.

그렇게 자신의 옳지 못했던 행동에 대해 정말 아무렇지도 않게 당당하게 이야기하는 P의 태도가 나는 너무 어이가 없다고 생각했고 큰 충격을 받았다. 나는 그날 식사 이후 더욱 P와 담을 쌓고 지냈고 시간은 빠르게 지나갔다.

그렇게 6개월 정도 시간이 흐른 후 나는 갑자기 이동 발령이 나서 P와 같이 일하던 사무실에서 버스로 30분 정도 떨어진 다른 사옥에서 일하게 되었다. 그러니 서로 마주칠 일도 없었다. 그런데 1년 만에, 예고도 없이, 송별회 당일 나를 꼭 오라는 것은 무슨 심사인지?

내가 새로 배치된 팀에는 또 다른 입사 동기 정성욱 씨가 있었다. 혹시 P가 이민 가는 것을 알고 있었는지, 송별회에는 가는지 물어 봤다. 정성욱 씨는 얼마 전에 소식을 들어서 알고 있다고 했다. 하지만 오늘 야근하며 처리해야 하는 일이 있어 송별회에는 참석하지 못한다고 했다.

"세정 씨는 송별회 참석해요? 우리 입사 동기들 몇 명이나 가나 모르겠네요. 가게 되면 조심해서 잘 다녀와요."

그는 나를 보며 하얀 윗이빨이 드러날 만큼 크게 웃으며 이야기했다. 항상 친절하고 잘 웃는 그와 나는 당시 비밀리에 사내 연애를 하는 중이었다. 나와 정성욱 씨는 같은 업무를 맡아서 했고 자리도 바로 옆자리였다. 우리는 어려운 업무를 잘 수행하기 위해 함께 힘을 모아 노력하는 동안 강한 동지애를 느꼈다.

한번은 팀에서 워크숍(연수회)을 1박2일로 다녀온 적이 있었다. 그날 밤 그와 나는 아무도 모르게 단둘이 숙소인 호텔 비상계단에 앉아서 이야기했다. 그는 나에게 사귀고 싶다고 조용히 고백했다. 같은 사무실 옆자리에 앉아서 매일 만나고 같은 일을 하면서 느꼈던 동지애가 사랑으로 발전되었다.

그는 연애 초창기에 매일같이 나에게 메일을 보냈다. 항상 여러 색깔의 예쁜 편지지 위에 단정한 글씨로 편지를 써서 보내 줬는데 나는 그렇게 메일을 보내는 방법도 몰라 고맙게 받기만 하였다. 그의 정성 어린 마음이 느껴져서 참 좋았다.

그런데 차츰 사이가 더욱 가까워지자 매일 한 시간 정도씩 집에서 전화 통화하는 것으로 바뀌었다. 하루 종일 같은 사무실에 있기는 했지만, 비밀 연애를 하다 보니 회사에서 오래 얼굴을 맞대고 개인적인 대화를 할 수는 없었다. 그 아쉬움을 집에서 둘이 긴 시간 통화하면서 사랑을 쌓아 가는 것으로 달랬다. 아침에는 둘 다 다른 사람들보다 일찍 출근하여 회사 사람들 이목을 피해 구내식당에서 아침을 같이 먹었고, 퇴근을 남들보다 늦게 하면서 만나기도 했다.

한번은 집으로 꽃 배달이 왔다. 나는 보통 남자들처럼 꽃다발을 하나 보냈겠지 하고 생각했다. 그런데 예쁜 분홍색 꽃이 왔는데 화분이었다. 카드 하나를 같이 보냈는데 이렇게 쓰여 있었다.

사랑하는 세정 씨에게
이탈리안 봉선화 화분을 하나 보냅니다.
이 꽃의 꽃말은 "나의 사랑은 당신보다 깊다."입니다.

조미구 소설

이 꽃은 봄부터 가을까지 계속해서 오래오래 핀다고 합니다.

우리의 사랑이 이 꽃처럼 오래 지속되길 바랍니다.

저의 사랑을 받아주세요.

정성욱 올림

그의 사랑과 정성이 담긴 화분을 받으니 나는 무척 기뻤다. 식물과 화초 가꾸기를 아주 좋아하는 엄마도 많이 흡족해하셨다. 보통 남자들이 여자에게 꽃 선물을 할 때 꽃다발 선물을 해서 오래 두고 키울 수가 없는데 오래오래 두고 볼 수 있는 화분을 보내다니 선견지명이 있는 사람이구나 하는 생각이 들었다. 그는 그 후에도 분홍색 호접란 화분을 선물해 주었다.

나는 정성욱 씨로부터 너무 받기만 하는 것 같아서 나의 사랑과 정성을 표시하는 선물을 하려면 무엇이 좋을까 생각해 봤다. 여러 가지 생각이 떠올랐는데 전화번호가 쓰여 있는, 차에 놓는 십자수 쿠션을 만들어서 선물해야겠다는 생각이 들었다. 태어나서 처음으로 십자수를 놓는 것이었는데, 십자수 재료로 욕심껏 큰 쿠션을 사다 보니 시간이 오래 걸렸다. 나는 100일째 되는 날 그에게 선물하기 위해 매일 밤늦게까지 십자수 놓는 작업을 했다. 나와 정성욱 씨의 사랑은 그렇게 갈수록 깊어만 갔다.

회사 직원들에게는 비밀로 하면서 정성욱 씨와 몰래 사귄 지가 딱 99일이 되는 날이 되었고, 그날은 P의 송별회 날이기도 했다. 정성욱 씨와 나는 100일째가 되는 그다음 날 특별한 이벤트를 하기로 이미 약속을 한 상태였다.

P의 송별회 날 오후 6시에 근무 시간이 끝났지만, 나의 백업 작업은 이제 시작이었다. 두 시간가량 작업을 하고 책

상을 정리한 후 8시에 P의 송별회가 있다는 고깃집을 향해서 이동했다. 왜 내가 또 30분이나 이동해서 관심도 없는 유부남 입사 동기 송별회에 참석해야 하는지 이해가 가지 않았다. 몸이 가는 곳에 마음도 간다는데, 가고 싶지 않다는 마음을 먹고 이동하는 길은 왠지 더 오래 걸린다는 느낌만 들 뿐이었다.

나는 8시 반 정도에 송별회를 한다는 고깃집에 도착했다. 아니 퇴사하고 미국으로 이민까지 간다는 사람의 송별회치고는 사람이 너무 없었다. 조용히 앉아서 일만 하는 P가 사교적이지 못하기에 벌어진 결과라는 생각이 마음속을 스치고 지나갔다. 당사자 P와 인사파트 파트장인 김 과장, 송 대리, 협력업체 직원 2명 그리고 나 이렇게 총 6명이 전부였다.

나는 P가 속한 팀의 팀원 50명 중에도 몇 명이 더 오고 입사 동기도 몇 명 더 참석할 줄 알았는데 이렇게 조금 모이다니 의외였다. P와 내가 처음 이 팀으로 발령이 났을 때 팀장님을 비롯한 50여 명의 팀원이 모두 모여서 환영해 줬던 기억이 나면서 그때와는 너무도 다른 썰렁한 송별회에 나라도 와주길 잘했나 싶기도 했다. 삼겹살을 구워 먹으면서 다들 P에게 그동안 어려운 일 하느라 수고 많았다고 한마디씩 해주었다. 그리고 미국 가서 잘 살라고 해주고. 나는 저녁을 미리 먹고 온 터라 음료수만 조금 마셨다.

나는 정말 할 말이 없었다. 왜 바쁜 사람 불러 냈냐는 말밖에는. 새로 이동한 팀에서 잘 지내고 있었냐고 김 과장이 나의 안부를 물었고, 김 과장이 다른 약속이 있어서 가봐야 한다며 일어나자 다들 헤어지는 분위기였다. 생각보다 일찍 송별회가 끝난 것에 감사하며 나도 얼른 자리를 떠야지 하고 있었는데 P가 갑자기 나에게 말했다.

"김세정 씨, 2차도 같이 가시죠!"

엥? 이제 송별회 다 끝난 거 아닌감? 뭔 2차를 또 가나?

"맞아 맞아. 김세정 씨, P가 얼마나 세정 씨를 기다렸다고. 같이 갑시다."

송 대리도 옆에서 거든다.

나는 정말 마지못해 '그래 이번이 마지막이다'라고 생각하고 2차를 따라갔다.

"인제 와요?"

"어 인제 송별회 끝나고 오는 거야. 김세정 씨, 여기가 제 와이프입니다."

아니 P의 와이프라는 사람이 테이블에 처음 보는 낯선 남자랑 앉아서 우리를 기다리고 있었다.

"안녕하세요, 김세정 씨. 제가 그동안 김세정 씨 이야기를 얼마나 많이 들었는지 몰라요."

P의 와이프라는 사람이 나를 붙잡고 이야기하는데 나는

너무 기가 막혔다. P가 처음 입사해서 신입사원 교육을 받는 첫날부터 집에 와서 내 이야기를 했다고 한다. 그러고 보니 그 당시 P의 자리가 바로 내 앞에 옆 자리여서 가깝기는 했다. 내가 너무 목소리가 커서 그랬나?

P는 집에 퇴근해서 오기만 하면 내가 온종일 무슨 이야기를 했고 무슨 행동을 하더라 하는 것을 모조리 와이프에게 보고하듯이 이야기를 했다는 것이다. 와이프는 남편이 이 김세정이라는 아가씨에게 마음을 빼앗기기 전에 얼른 교육이 끝나고 따로 배치받아서 잊어 주기만을 간절히 고대하고 있었나 보다. 그런데 교육 3개월이 끝난 후 하필 같은 팀에 배치가 됐다.

"같은 팀이 된 후에도 집에 오면 세정 씨 이야기를 해서요. 사실 제가 그 이야기들을 계속 들으면서 고민이 많았답니다."

세정 씨가 다른 직원들과 무슨 이야기를 하더라든지 오늘 팀에서 무슨 일이 있었는데 세정 씨가 어떤 의견을 내더라든지 하는, 나도 다 기억 못 하는 시시콜콜한 이야기들을 기억해 놓고 있다가 집에 와서 그 이야기들을 모두 했다는 것이다.

"근데 6개월 있다가 세정 씨가 다른 팀으로 이동했잖아요. 그때 제가 얼마나 기뻐했는지 몰라요. 이제는 그만 이야기하겠지! 아, 그런데 그 후에도 세정 씨 이야기를 계속

하는 거예요."

　나는 정성욱 씨가 나보고 P가 가끔 전화해서 세정 씨 잘 있냐고 안부를 묻더라고 했던 이야기가 그제서야 생각이 났다. 그러니까 이 마누라 눈치 볼 줄 모르는 P가 최근까지도 우리 팀에 있는 정성욱 씨에게 연락을 취하면서 내가 직장 생활을 어떻게 하고 있는지 정보를 다 꿰차고 있었다는 것이다. 일주일 전에 내 생일인 것까지 알고 있었을까? 와이프 몰래 선물이라도 안 보낸 게 다행이라는 생각까지 들었다.

　"그래서 결국 이 직장 그만두고 미국으로 이민을 가기로 합의했고요. 여기 이분은 제가 김세정 씨 소개해 드리려고 모셔 왔어요. 직업은 한의사이십니다. 제가 신문기자 할 때 인터뷰하다가 알게 된 분인데 김세정 씨보다는 네 살 연상이세요."

　P의 와이프가 앞뒤 전후 상황 설명을 하는 동안 P는 아무 말 없이 맥주만 홀짝홀짝 마셨고, 한의사라는 분도 무표정한 얼굴로 앉아 있었다. 나는 그제야 왜 내가 오늘 송별회에 와야만 했는지 이해가 갔다. 그러니까 P의 와이프가 나에게 다른 남자를 소개하고 P의 관심을 돌려 보려고 이 자리를 만든 것이었다. 그러니 다른 누구가 아닌 바로 내가 필요했던 거구나 알게 된 것이다.

　다행히 P와 그의 와이프가 나와 정성욱 씨가 몰래 사귀면서 커플이 되어 있는지 눈치채지 못했다는 게 안도감을 느끼게 했다. 하지만 내가 언제까지나 남자친구도 못 사귀는 모태 솔로로 보였는가 불쾌하기도 하였다.

맨날 컴퓨터 앞에 앉아서 조용히 월급 계산이나 하는 줄 알았던 P가 나에 대해서 그렇게 필요 이상의 지대한 관심이 있었는지는 정말 몰랐다. 이런 사람을 두고 바로 스토커라고 하는 것 아닌가! 나도 P의 와이프였다면 남편이 너무 싫고 걱정이 되었을 것 같다. 아, 그렇다고 소중한 회사를 그만두고 미국 이민까지 간다니!

P와 P의 와이프와 한의사, 송 대리, 나까지 도합 5명이 앉아서 송별회인지 소개팅인지 모를 모임을 한 셈이다. 그 술집의 음악 소리가 너무 큰 데다 한의사라는 분의 목소리는 너무도 작아서 대화도 제대로 되지 않았다.

어색한 침묵이 계속 오가는 동안 송 대리가 분위기를 띄워 보고자 몇 번 건배 제의를 하였다.

"그래, 이제 미국 가서 행복하게 잘 살게나! 여기서 있었던 일들은 다 잊고! 얼른 아기도 하나 낳고 말이야! 우리 모두의 행복을 위하여 건배~~!"

그러게 P의 집에 아기라도 하나 있었다면 신혼집의 주된 관심사가 내가 되지는 않았을 텐데 유부남이면서 왜 나한테 그렇게 관심을 보였는지 지금도 이해가 되지 않는다.

어색한 5명의 지루한 송별회 겸 소개팅은 밤 12시를 넘겨서야 끝이 났다.

"세정 씨, 바쁘실 텐데 오늘 이렇게 와주셔서 정말 감사합니다."

이 눈치 없는 P는 와이프가 도끼눈을 뜨고 노려보고 있는데 느릿느릿한 충청도 사투리로 씩 웃으며 나한테 또 한마디 한다. 나는 정말 괜찮지 않은 마음과 표정으로 한마디 해주고는 영영 헤어졌다.

"괜찮아요!"

그다음 날 아침 10시경에 정성욱 씨가 나를 데리러 차를 가지고 집 앞으로 왔다. 나는 그에게 어제 있었던 이야기들을 다 했다. P의 어이없이 조촐했던 송별회와 P의 와이프를 만나서 들었던, P가 집에서 늘어놓던 나에 대한 이해할 수 없는 수다들, 그리고 더욱 이해할 수 없었던 P의 와이프가 주선한 소개팅까지 자세하게 다 이야기하였다.

나의 짜증 섞인 어조의 이야기를 다 듣더니 정성욱 씨는

"다행히 우리가 사내 연애를 하고 있다는 걸 P가 몰랐나 보네요. 근데 P의 와이프가 한의사를 다 데려오고 미국 이민까지 간다니 이해할 수 없는 사람들이네요. 그냥 어제 일은 없었던 일로 하고 잊어버려요."

라고 이야기했다. 100일 기념으로 어디를 가고 싶냐는 그에게 같이 도봉산 쪽으로 꽃구경을 가자고 했다.

우리는 가볍게 등산하고 저녁식사를 같이했는데 100일

기념으로 그가 반지와 목걸이를 선물로 주었다. 나도 우리의 100일 기념일에 맞춰 겨우 완성한 십자수 쿠션을 선물했다. 정성욱 씨는 이렇게 정성 어린 선물은 처음 받아 본다면서 기쁜 마음으로 자동차 앞유리창 쪽에 쿠션을 가져다 놓았다.

그날 이후 정성욱 씨와 나는 6개월 정도 비밀리에 계속 연애한 후에 결혼했고 지금까지 행복하게 잘 살고 있다.

P가 나와 같은 회사에 다닐 때 나한테 왜 쓸데없는 관심을 보였는지, 왜 내 얘기를 자기 아내에게 필요 이상으로 했는지 지금 생각해도 어이가 없다. "네 이웃의 모든 소유를 탐내지 말지니라."는 십계명의 말씀을 P가 알았더라면, 아니 세상에서 가장 소중한 자신의 아내에게 최소한이라도 예의를 지킬 줄 아는 제대로 된 남편이었다면 그렇게 행동하지 않았을 것이다.

P와 P의 아내는 송별회가 있던 날로부터 딱 1주일 후에 비행기를 타고 미국으로 이민을 갔다고 한다. 그들이 어디로 갔는지, 어떻게 살고 있는지, 아기는 낳았는지, 정말 아무 소식도 모른다. 사람의 인연이라는 게 이렇게 완전히 끊어지기도 쉽지 않은데 그 아내는 나와 연락이 끊긴 것을 아주 기뻐하며 잘 살고 있을 것 같다. 나 역시 그렇다.

♥ 내 사랑 쫑

성아는 올해 초등학교 3학년이에요. 3학년 첫 등굣길에 성아는 친구 민수랑 마주쳤는데 민수는 강아지를 데리고 있었어요. 민수는 강아지 이름이 보배고, 아주 똑똑하고 착하다며 자랑했어요. 그때부터 성아는 부모님께 나도 보배같이 하얗고 똑똑한 강아지 한 마리 키우게 해달라고 조르기 시작했어요. 그런데 부모님이 모두 반대를 하셨어요.

"엄마가 어렸을 때 강아지를 키웠는데 그때는 마당이 넓었어. 우리 집같이 마당이 없는 아파트에서 강아지를 키우면 답답해해요. 엄마는 그래서 반대야."

"아빠 생각도 아파트에서 강아지를 키우면 안 된다고 생각해."

"엄마 어렸을 때 키우던 강아지 이름이 쫑이었어. 그런데 아파트로 이사를 하면서 강아지를 할머니가 개장수한테 파셨단다. 학교 갔다 왔는데 강아지가 없어서 엄마가 얼마나 울었는지 몰라."

성아는 두 눈을 똥그랗게 뜨고 부모님이 하시는 말씀을 들었어요. 두 분 다 반대를 하시다니 너무 섭섭했어요.

"성아야, 나중에 마당 넓은 집으로 이사 가면 아빠가 강아지 꼭 사줄게."

"이사 언제 간다고요? 이사 안 갈 거잖아요. 흑흑."

성아는 아빠의 말이 하나도 위로가 되지 않았어요.

며칠 뒤 성아는 학교 도서관에서 책을 읽었는데 《만나고 싶은 이들과 꼭 만나는 법》이란 제목이었어요. 그 책에서는 만나고 싶은 사람이 있다면 그 사람의 사진을 보면서 만나서 무엇을 할 것인가 생각한 후에 자라고 나와 있었어요. 그러면 반드시 그 사람을 꿈에서 만나 함께 하고 싶었던 것을 하게 된다는 내용이었어요. 성아는 정말 이게 가능할까 긴가민가하며 집에 도착했어요.

"엄마, 혹시 쫑 사진 있어요?"

"쫑? 쫑이 뭐야?"

"아이, 왜 엄마가 어렸을 때 키우셨다는 강아지 있잖아요. 그 강아지 사진 좀 보여 주세요."

엄마는 옛날 초등학교 다닐 때 앨범을 꺼내서 쫑하고 찍은 사진을 보여 주셨습니다. 쫑은 하얗고 씩씩하게 생긴 조그만 강아지였어요.

"쫑이는 진돗개와 다른 흰 개의 믹스견(잡종 강아지)이었어. 이웃집 할머니가 쫑이를 주셨지. 쫑이가 태어난 지 이틀

만에 우리 집에 데리고 와서 키우기 시작했단다. 한 2년인
가 키웠었지. 내가 학교 갔다 오면 막 꼬리를 치며 달려오고
넓은 마당에서 같이 즐겁게 뛰어놀았어."

"아, 그랬구나! 정말 재밌었겠네요."

성아는 엄마 몰래 쫑이 마당에서 찍은 사진들 중에서 제
일 잘 나온 사진 하나를 골라 조심스럽게 책가방 제일 앞주
머니에 잘 숨겨 넣었어요.

성아는 저녁을 맛있게 먹고 잠잘 시간이 얼른 오기를 기
다렸어요. 이빨도 닦고 발도 닦고 이제 드디어 만나고 싶었
던 사람, 아니 만나고 싶었던 쫑을 만날 시간입니다. 성아는
책가방 주머니에서 쫑 사진을 꺼냈습니다.

"내가 쫑하고 하고 싶은 것은 엄마가 어릴 때 사시던 집
으로 가서 쫑이랑 마당에서 신나게 같이 노는 거예요. 꼭 이
루어지기를!"

성아는 혹시 누가 들을까 조용히 소원을 이야기한 후에
쫑 사진을 가슴에 꼭 품고 잠이 들었어요.

꿈속에서 성아는 정말로 엄마가 어릴 적에 살던 집 마당
에서 쫑이와 만났어요. 집안은 조용했어요. 쫑이는 성아가
누군지 아는지 반갑게 짖으며 꼬리를 흔들어 댔어요. 엄마
집 마당은 사진으로 보던 것보다 훨씬 컸어요. 앞마당, 뒷
마당도 있고 장독대도 있고 장미꽃도 예쁘게 피어 있었답
니다. 성아는 쫑이랑 달리기도 같이 하고 공을 멀리 던진 후

가져오라고도 하고 즐거운 시간을 보냈어요. 그런데 갑자기 누군가 대문을 열고 들어왔어요.

"쫑아, 나 왔다! 잘 있었어?"

초등학생 정도 되는 여자아이가 갑자기 들어와서 성아는 깜짝 놀라 뒷마당 쪽으로 숨었어요. 그러다가 꿈에서 깨었어요. 성아가 깨어나서 사진을 잘 보니 그 여자아이가 엄마였던 거예요. 쫑하고 엄마가 같이 찍은 사진을 보고 소원을 빌었더니 엄마까지 만났나 보다 하면서 성아는 혼자 웃었어요.

성아는 인제 쫑을 언제든지 다시 만나서 놀 수 있다는 생각에 너무 기뻤어요. 성아는 쫑이 보고 싶을 때마다 쫑하고 엄마가 마당에서 찍은 사진을 보고 잤고, 그때마다 쫑하고 꿈속에서 즐거운 시간을 보냈어요. 두 달 정도 그렇게 쫑하고 놀고 나니 이제는 보배를 키우는 민수도 부럽지 않았어요.

성아가 하루는 학교에서 점심시간에 쫑 사진을 꺼내 보면서 생각을 하고 있는데 한 가지 궁금한 것이 생겼어요.

'쫑이 찍은 다른 사진을 보고 꿈을 꾼다면 어떻게 될까?'

성아는 집에 와서 엄마의 옛날 앨범을 살그머니 꺼내서 쫑이 찍은 다른 사진이 있는지 찾아봤어요. 그랬더니 쫑 사진이 몇 장 더 나왔어요.

"엄마, 이 사진은 쫑이랑 누구랑 찍은 사진이에요?"

"아이고, 성아야 옛날 앨범은 왜 꺼냈어? 어디 보자. 이 사진은 쫑이랑 나랑 외할아버지 사진이야. 외할아버지가 건강하려면 등산을 자주 해야 한다고 아침이면 동네 뒷산을 같이 올라갔다 오곤 하셨단다. 뒷산 약수터에서 찍은 사진이야."

"이 사진은요? 엄마는 알겠는데 그 옆은 누구예요?"

"어머, 이게 누구야? 이 사진이 남아 있었구나. 이 사진은 내가 3학년 때 단짝 친구였던 향미야! 이 친구가 우리 집에 자주 놀러와서 쫑이랑 셋이서 재밌게 놀았었지. 이 사진은 3학년 말에 찍은 것 같구나. 나무가 단풍이 들었네. 이때는 쫑이가 많이 컸구나."

엄마 말을 듣고 사진을 보니 성아가 처음에 본 사진에 있는 쫑보다 엄마 친구랑 같이 찍은 사진에 있는 쫑이가 키도 더 컸고 덩치도 많이 컸어요.

"그럼 엄마가 아파트로 이사는 언제 가신 거예요?"

"3학년 끝나고 4학년부터 새 초등학교에서 다녔지."

아, 그러니까 이 사진 찍고 얼마 안 돼서 쫑이는 개장수 아저씨한테 팔려가고 엄마는 아파트로 이사를 갔구나! 성아는 갑자기 눈에 눈물이 핑 돌았어요. 개장수한테 결국 팔려가서 죽었을 쫑이가 너무 불쌍했어요. 성아는 조용히 쫑이 사진 두 장을 챙기고 엄마 앨범은 원래 있던 곳에 두고 자기 방으로 돌아왔어요.

성아는 책상에 앉아 쫑이 사진들을 보았어요. 성아는 그 날 밤에 뒷산 약수터에서 찍은 쫑이 사진을 보고 잤고, 정말로 쫑이랑 뒷산에서 즐거운 시간을 보냈어요. 성아는 사진에 따라서 꿈이 바뀌니까 더욱 신이 났어요. 한 달 정도 꿈속에서 뒷산을 같이 마구 뛰어다니며 쫑이랑 놀았어요. 쫑이는 약수터 물도 잘 마셨답니다.

그러던 어느 날 성아는 쫑이의 세 번째 사진을 꺼냈어요. 사진 속의 엄마도, 엄마 친구 향미 이모도, 쫑도 모두 행복해 보였어요.

'아, 안 돼! 시간을 되돌릴 수는 없을까? 조금 있으면 쫑이 팔려갈 텐데, 어쩜 좋아.'

사진을 오래도록 바라보고 있던 성아에게 한 가지 좋은 생각이 났어요.

'그래, 쫑이랑 엄마랑 향미 이모도 같이 만나고 오자. 쫑을 꼭 살려야 해!'

성아는 가슴에 쫑이랑 엄마랑 향미 이모가 같이 찍은 사진을 품고 잠에 들었어요. 오늘은 꼭 쫑이랑 엄마랑 향미 이모까지 만나게 해달라는 소원을 품고서요.

꿈속에서 성아는 엄마 집 대문 앞에 서 있었어요. 대문은 약간 열려 있었고 마당에서 쫑이랑 엄마랑 향미 이모랑 배구공으로 공놀이를 하는 모습이 보였어요. 성아는 엄마와 향미 이모를 만나면 무슨 말을 할까 생각하고 있었는데,

배구공이 대문 밖으로 날아왔어요. 성아는 엄마에게 배구공을 던져 주었어요.

"야, 공 던져 줘서 고마워. 근데 너 우리 동네에서 첨 본다."

엄마의 말에 성아는 순간 놀랐지만 아무렇지 않은 척하면서 대답했어요.

"나 이 동네에 새로 이사 왔어."

"이사? 우리집도 곧 이사 간다던데."

엄마가 할머니한테 이사 이야기를 들었나 봐요.

"이사? 지영아 너 어디 이사 간다구?"

뒤따라 나온 향미 이모가 엄마에게 물었습니다.

"응, 우리집 곧 큰 아파트로 이사 간대. 엄마가 이사 가면 지금 사는 집보다 아주 좋다고 하셨어."

엄마한테 외할머니가 새로 이사 가는 아파트가 아주 좋다고 이야기를 해줬나 봐요.

"그런데 강아지 너무 귀엽다. 이름이 뭐니?"

성아는 엄마에게 물어 봤어요.

"아, 얘는 쫑이야, 쫑! 너무 귀엽게 생겼지, 헤헤."

엄마는 자랑스럽다는 듯이 성아에게 쫑이 이름을 알려 줬어요.

"근데 아파트로 이사 가면 쫑도 같이 가? 우리 엄마는 강아지들이 마당이 없는 아파트에 살면 답답해한다던데."

성아가 엄마에게 물어 봤어요.

성아랑 엄마와 향미 이모가 마당에서 이야기를 주고받고 있는데 집 안에서 할머니가 나오셨어요. 성아는 할머니를 보고 많이 놀랐어요. 할머니는 지금보다 훨씬 젊고 고우셨어요.

"엄마! 우리 아파트로 이사 가면 쫑도 데리고 갈 거죠? 그렇죠?"

엄마가 할머니한테 물어 봤어요.

"강아지를 아파트에서 키우려면 답답해서 안 된단다. 쫑은 같이 이사 못 가."

"안 돼! 쫑도 꼭 데리고 가야 해!"

"지영아, 안 된다니까! 쫑은 같이 이사 못 가요."

그러면서 할머니는 다시 집 안으로 들어가 버리셨고 성아 엄마는 막 울기 시작했어요.

"쫑이 같이 데리고 못 가면 나도 아파트로 이사 안 갈 거야, 흑흑."

엉엉 우는 엄마를 향미 이모가 달래 보려 했지만 엄마는 계속해서 울었어요.

"지영아, 울지 마! 나한테 좋은 생각이 있어."

성아가 어려진 엄마를 타이르며 이야기를 꺼냈어요.

"아파트에 쫑이를 데리고 갈 수는 없지만 너만큼 쫑을 좋아하는 사람에게 키워 달라고 부탁하면 되잖아. 내 생각에는 네 친구 향미에게 부탁해 보면 딱 좋을 것 같은데."

"아, 맞아! 정말 좋은 생각이다! 향미야, 너 우리 쫑이 정말 좋아하지? 쫑을 네가 키워 주면 딱 좋겠어!"

엄마는 기뻐서 향미 이모에게 쫑을 맡아 주면 안 되냐고 물어 보았어요.

"그래? 그럼 나도 좋지! 안 그래도 나도 쫑이 보면서 엄마한테 강아지 하나 사달라고 조르고 있었거든. 엄마, 아빠께 여쭤 봐서 허락하시면 내가 쫑이 아주 잘 키워 줄게."

"그럼 내가 이사 가더라도 향미네 가끔 놀러와서 쫑이랑 같이 놀 수도 있고. 와, 신난다!"

이사 가더라도 쫑을 계속 볼 수 있다는 기쁨에 엄마는 다시 얼굴이 환해졌어요. 엄마는 당장 향미 이모네로 쫑이랑 같이 가자고 하면서 목줄이랑 사료를 챙겼어요.

엄마랑 쫑이 앞장을 서고 성아랑 향미 이모가 뒤따르며 향미 이모네 집으로 다 같이 놀러갔어요. 향미 이모네 집은 큰 2층집이었는데 마당도 아주 넓었어요. 성아는 마당이 넓으니까 나중에 쫑이 살기 좋겠다고 생각했어요. 성아랑 엄마랑 향미 이모랑 쫑이랑 넷이서 향미 이모네 마당에서 시간 가는 줄도 모르고 즐거운 시간을 보냈어요. 꿈속에서 해질 때까지 계속 놀다가 성아는 꿈에서 깨어났어요.

시계를 보니 벌써 아침 7시였어요.

"아, 정말 신나는 꿈이었어!"

성아는 일어나기가 싫어서 잠시 그대로 침대에 누워

있었어요. 침대 위에는 성아가 어제 소원을 빌고 잔 사진이 놓여 있었어요. 침대에 앉아서 사진을 찬찬히 바라보던 성아는 깜짝 놀라고 말았어요.

"아, 이럴 수가!"

분명히 어제 성아가 가슴에 품고 잤던 사진은 엄마랑 향미 이모랑 쫑이랑 엄마네 집 마당에서 찍은 사진이었어요. 그런데 아침에 일어나서 사진을 보니 엄마랑 향미 이모랑 쫑이랑 찍은 사진은 맞는데 뒷배경이 향미 이모 집이었어요! 커다란 2층집에 넓은 마당까지 향미 이모 집이 틀림없었어요! 더욱 놀라운 것은, 사진에 성아도 있었어요!

'그래, 쫑은 개장수한테 팔려간 게 아니고 향미 이모네서 잘 자랐을 거야!'

성아는 침대 위에서 혼자 흐뭇한 미소를 지은 후 기쁜 마음으로 일어났습니다. 성아는 민수에게 이 사진을 꼭 보여 줘야지 생각하며 책가방 맨 앞주머니에 쫑이랑 찍은 사진을 넣고 학교로 향했답니다.

연민이라는 빛길

허혜정

시인, 문학평론가, 숭실사이버대학교 교수

1. 상처와 응시

조미구 작가의 첫 소설집 《아홉 빛깔 사랑》(2024)의 첫머리에 수록된 〈빛길을 가다〉는 작가의 문학세계를 들여다보는 데 있어 의미심장한 실마리를 던져 주는 작품이라 할 수 있다. 왜냐하면 〈빛길을 가다〉에는 작가의 시선과 감정을 잘 대변하고 있는 듯한 내레이터 '나'를 통해 우리가 자칫 무심히 스쳐갈 만한 어떤 인물들에 대해 아주 세심한 탐색을 시도하고 있기 때문이다. 〈빛길을 가다〉의 서사를 끌고 가는 내레이터인 '나'는 'D 건설'의 신입사원이다. 그런데 그는 수많은 직원 중의 하나였을 뿐인 '서무 여직원' 윤지가 퇴사한 직후 "윤지 씨가 없는 회사는 너무 쓸쓸했다. 더 이상 메신저도, 매점도, 나에겐 의미가 없어졌"다고 생각한다. 비정규직 여직원 하나가 퇴사했을 뿐인데, 갑자기 모든 장소가 의미를 잃어버린다는 것은 조금 과장된 표현일 수도 있다. 그러나 그렇지 않다는 데서, 작가의 의미 있는 관찰과 탐색이 시작되는 것이다. 문제는 윤지가 'D 건설' 혹은 번역사 등으로 표상되는 자본주의 사회의 '타자'로서 대단히 열악한 근무조건에서 일하고 있다는 사실이다.

번역사를 포함하여 비정규직 여직원들을 '서무 여직원'이라 하여 팀의 온갖 잡일을 시키고 부려먹으면서 100만 원 정도의 임금만 주었고, 여직원은 정규직이든 비정규직이든 결혼과 임신, 출산, 육아를 이유로 대부분 소리 소문 없이 회사를 그만두었다. 그 자리는 또 금방 더 젊은 여직원들로 채워졌다.

사실 이 단락만으로도 이 작품이 왜 쓰여졌는지, 작가의 의도와 전하고자 하는 메시지가 고스란히 드러날 만하다. 열악한 근무 환경을 이렇게 압축적으로 성토하는 문장을 현대소설에서 찾아보기는 그리 쉽지 않다. 여느 소설가라면, 윤지가 퇴사한 이유를 막바지에 가서야 알려 줄까 말까 하는 식으로 서사를 전개하지 않았을까. 그러나 작가는 저임금 노동 시장의 매물이 된 비정규직 사원들의 낮은 연봉은 물론 제한된 휴가 등의 열악한 상황을 직설적으로 쏟아내고 있다. 〈빛길을 가다〉에서 위의 대목을 주목해 보는 이유는, 별다른 수사적 장식 없이 핵심만을 압축하며 끌고 가는 작가의 문장과 서사의 속도감을 지적하기 위해서다.

위의 대목은, 전체 플롯상으로 보면 갈등의 실마리가 서서히 드러나는 발단 부분이라 할 수 있다. 즉 윤지가 퇴사한 것을 알게 된 '나'로부터 보다 진전된 행동이 설계되면서 갈등이 엉켜 가야 하는 부분이다. 그러므로 작가가 포착하는 대상과 세계의 '증상'이 문제적으로 드러나게 되는데, 비정규직 사원을 부당하게 혹사시키던 'D 건설'의 문제점이 위의 문단만으로도 뚜렷이 포착된다. 'D 건설'은 비정규직을 대거 고용하여 사우디아라비아에도 진출했던 글로벌 기업이었다. 낮은 투입 비용만큼 가파르게 이윤을 축적하며 성장해 온 기업이 늘 구조조정 때마다 가장 먼저 희생시키는 이들이 비정규직 사원이라는 사실, 비록 사측의 해고가 아니어도 '소리 소문 없이' 떠나야 할 만큼 근무 환경이 가혹했다는 사실을 작가는 폭로하고 있다.

심지어 정규직 여직원들조차 퇴사자가 속출했다는 사실에서 독자는 다분히 성차별적 환경이 존재했음도 짐작할 수 있다. 이것이 단지 'D 건설'만의 문제일까. 작가가 주목하는 것은, 자본 논리 혹은 성 논리에 의해 촘촘히 구조화된 차별이 관통하는 한국 사회의 고질적인 관행 또는 제도적 문제였을 것이다. 그런데 이렇게 중층적인 갈등 덩어리를, 여러 에피소드로 분산시키거나 뜸을 들여 보여 주지 않고, 압축된 문장으로 한꺼번에 발사하는 것이다. 작가의 격정적인 개성을 엿보게 하는 부분이 아닐 수 없다.

작가의 소설이 재미있게 읽히는 이유 중의 하나는, 서사를 복잡하게 설계하고 중요한 메시지는 최대한 미루며 은폐하는 현대소설의 전략을 작가가 그리 선호하지 않는다는 데 있다. 작가에게는 간명한 문장으로도 대상을 묘파해 내는 재능이 있고, 생활어를 생생하게 살려 내는 감각이 있다. 무엇보다 이 경쟁과 가속의 세계에서, 사회가 강요한 편견을 공유하고 스스로 차별의 주체가 되어 있는 우리 자신을 포착하는 예리한 시선을 가지고 있다.

가령 〈빛길을 가다〉에서 정규직과 비정규직을 분리하는 '사번'이라는 기호를 작가는 주목한다. 이 사번은, 같은 일을 해도 능력이 떨어진다고 핀잔을 받는 비정규직 사원에 대한 편견의 기호로 작용한다. 물론 그러한 편견은 실재를 지시하는 기호가 아니라, 해석된 기호이다. 하지만 기호들이 '편견'으로 유통되고 강화되면서 '차별'의 문법이 관통하는 세계가 만들어진다. 일반 직원들이 4-5명씩 일하는 사무실에 비해, 비정규직 사원들에게는 100명씩 몰려 일해야 하는 비좁은 사무실이 바로 그런 장소였다.

작가를 대변하는 '나'의 시선은 그렇게 사원증의 '사번'으로부터, '윤지 씨'가 다시 근무하게 된 번역사 등, 편견의 문법이 작용하는 장소들로 옮아간다. 어디로 옮겨가든 '정규직'의 타자로서, 열악한 상황을 전전해야 하는 장소의 문법을 '나'는 알고 있었다. 사실 그는 부당함을 알았지만 윤지에게 아무런 도움이 되지 못했다. '나'는 윤지 씨의 곤핍한 상황을 타개할 방안을 고민하게 된다. 결국 타자를 향한 '연민'이 없었다면, 그로 하여금 망설이던 조언을 하게 했을까. 윤지는 '나'의 조언에서 용기를 얻고 놀랍게도 신춘문예에 도전했다. 비록 낙선했지만 계속 도전하면 합격할 수 있겠다는, 자그만 희망을 발견했다.

우리가 왜 부단히 주변을 둘러봐야 하며, 왜 잠시 멈추어서 힘들어하는 누군가를 관찰해야만 할까. 어떻게 그들에게 따스한 언어를 건네줄 수 있을까. 숨막히도록 옹색한 현실을 맴돌던 윤지의 마음을 읽어 내고 가느다란 공감으로 연결되는 것 또한 사랑의 한 형태일 수 있다면, 그러한 감정들의 빛깔과 반향과 울림은 깊은 상처들을 치유할 수 있을까. 스스로를 회복하는 가느다란 빛길로 우리를 이끌어 줄 수 있을까.

2. 작가의 비망록에서

작가의 소설에는 어린 날 갑자기 일상으로 뛰어든 자그만 생명, 혹은 평탄치 않은 세계를 견뎌 온 불운한 노인, 어딘지 우리 주변의 사람들, 그리고 우리 자신을 닮은 이들의 이야기들이 가득하다. 그의 소설에는 간교하고 잔인한 악당들보다는, 그늘진 장소들을 서성이는 불운한 인물들이 훨씬 많아서, 누구든 통과해 왔을 상처의 시간들을 성찰하고 '내 안의 나'와 낮은 대화를 하게 하고, 스스로 치유받는 법을 알려주는 미덕이 있다. 작가의 작품 속 인물들은 결코 완전하지 않다. 어떤 상황에서 불가피한 오해나 상처로 기억되는 관계들, 혹은 마음속 깊은 곳에서 그리움과 연민으로 떠오르는 이들은 작가의 삶에서 얻어진 '비망록' 속의 인물 같기도 하다.

〈어긋난 사랑〉은 따스한 위트가 깃든 매력적인 작품이다. "관심도 없는 유부남 입사 동기 송별회"를 계기로, 세정은 유부남 입사 동기 P의 짝사랑을 받았음을 알게 되었다. 그것도 세정에게 쏠린 남편의 마음을 자신에게 돌리기 위해 오랜 세월 마음 고생을 했던 P의 아내로부터 들은 것이다. P는 아내에게 오랫동안 세정의 이야기를 했다. 묵묵히 짝사랑 이야기를 들어주는 P의 아내가 오랜 세월 얼마나 분통이 터졌을지, 세정은 경악했다. P가 쓸데없이 자신에게 잘해 주던 이유를 뒤늦게야 깨닫게 된 세정에게는 어이없는 일이지만, P의 짝사랑 때문에 세정은 P의 아내에게 오래도록 '연적'으로 존재했던 셈이다.

훗날 듣게 된 입사 동기의 짝사랑은, 가볍게 넘기면 청춘의 훈장일 수 있다. 물론 당시 세정에게는 남자친구가 있었고 즐거운 데이트를 하고, 행복한 결혼을 했다. P는 그런 세정에게 다가갈 수 없었고 P의 아내는 직장에서 P의 관심을 사로잡는 세정을 견제했다. 결국 P를 남편으로 차지했지만, 여전히 세정을 잊지 못하는 남편을 붙들기 위해 뒤늦게

나마 이민을 선택했다.

P의 아내는 세정을 만나 자신의 고통을 꼭 알려주어야 했다. 아내에게 세정의 이야기를 떠들어댔던 P에 대한 애증이 깊었을 것이다. 이민을 가기 전 송별회를 핑계로 세정을 꼭 만나고 싶어 했을 지경이니, 그의 아내는 시린 결핍의 자리를 느끼며 살았을 것이다.

세정에게는 P가 부재의 존재나 마찬가지였지만, P의 아내에게 P는 결코 포기할 수 없는 첫사랑이었다. 그리고 그녀에게 세정은 남편에게 반드시 떼어놓아야 할 첫사랑의 유령이었다. 작가는 많은 설명을 하지 않지만, P의 아내가 느꼈을 오랜 질투와, 어이없는 허탈함을 상상해 볼 수 있을 것이다.

결국 이민 전, 마지막으로 남편으로부터 사랑의 유령을 몰아내듯이, 수치스럽기도 하고 시리고 저미는 고백을 하던 P의 아내로부터 깨끗이 잊혀지는 것이 세정의 도리였다.

사실 아무것도 잘못한 것이 없지만, 망각의 문짝을 닫고 영원히 지워지는 것이 P의 방황과 P 아내의 행복을 위한 길일 수밖에 없다. 그래서 세정은 P를 "바람이 잔뜩 든" 철딱서니처럼 꾸짖어 본다. 세정은 "'네 이웃의 모든 소유를 탐내지 말지니라.'는 십계명의 말씀을 P가 알았더라면, 아니 세상에서 가장 소중한 자신의 아내에게 최소한이라도 예의를 지킬 줄 아는 제대로 된 남편이었다면 그렇게 행동하지는 않았을 것이다."라고 동기를 냉정하게 나무라기도 한다.

순정을 바쳐 준 입사 동기를 그렇게 매도함으로써, 틀려 먹은 삼각관계에 엮일 의사가 처음부터 없었음을 세정은 입증할 수 있었다. 최소한 세정은 P의 아내를 위해 아주 단호한 망각이 필요함을 확실히 알고 있다. 그래서 그들이 이민을 가는 것은 아주 잘된 일이고 "그 아내는 나와 연락이 끊긴 것을 아주 기뻐하며 잘 살고 있을 것 같다. 나 역시 그렇다." 완벽한 무관심이야말로 확실한 해결책이 되는 것이야말로 짝사랑의 신비가 아닌가. 게다가 세정의 유령에 진저리를 치던 P의 아내에게는 망각 이상의 해법이 있을 수 없기에 최대한 야멸차게 절연하는 것이 현명한 것이다.

그들은 끔찍했던 한 시절을 끝내듯 이민을 갔다. 완벽하게 인연도 끝났다. 세 사람 모두에게 어긋난 사랑이었다. 누가 사랑을 받아 주든 받아 주지 않았든 세 사람의 내면에는 황량한 공간이 남았을 것이다. 그런데 되돌아보면 우리도 그런 상실과 집착의 장소에서 서성이고 있다는 것, 지독하게 사랑받고 있어서 도리어 끔찍하게 오해하기도 하고, 너무도 사랑하기에 온전한 사랑이 부재한 황량한 폐허를 간직하기도 하지 않는가.

뜻하지 않게 헝클어져 버린 관계들 속에서 우리는 배운다. 우리가 해프닝으로 털어내 버렸지만, 그것이 누구에게는 인생의 유일한 순정(〈엇갈린 사랑〉)일 수도 있고, 수없이 맞닥쳤다고 해도, 심지어 사랑의 계율을 안다 해도, 결코 정답이 아닌 연인을 내 사랑이라고 마인드 컨트롤을 하는 인생도 결코 쉬운 일이 아닐 것이다.

작가의 소설에는, 사랑의 탐구라도 해도 좋을 타인들을 향한 다양한 마음의 스펙트럼이 담겨 있다. 때로는 과도한 관심이 짐이 되는 경우가 있고 때로는 침묵의 교감만으로도 충분할 수도 있는 인물들의 이야기 중에는, 먼저 아내를 여의고 아들까지 잃어버린 독거노인의 상처와 치유를 다룬 작품이 퍽 감동적이다. 아픔과 상실의 생을 살아온 두 독거노인이 나란히 교회당에 앉아 세례를 받는다. 불운하기 짝이 없는 삶일수록 자그만 위로와 사랑은 깊게 다가온다. 아홉 가지 방식이든 제각기 어떠한 방식이든, 우리 곁을 서성이던 불운한 누군가에게 시선을 던져보는 것만으로도, 가느다란 '빛길'이 열릴 수 있음을 작가는 작은 교회당을 지키는 청빈한 성직자의 아내로서 체험하고 배워 온 것일까.

〈독거노인 불행 탈출기〉에는 상처를 안고 찾아오는 사람들의 사연을 묻지 못해 조심스레 서성이고, 그들의 아픔을 언어로나마 캐낼 수 있을지 골몰한 생각에 잠겨 있을 작가의 모습이 얼비치기도 한다. 작가는 자그만 교회당의 검소한 살림을 꾸려가는 청빈한 성직자의 아내이자 성도들의 친구이자 한 아들의 엄마고, 십대의 학생들을 이끌어야 하는 교사이다.

예배를 마치고 성도들과 함께할 따스한 식사를 위해 그녀가 얼마나 엄청난 양의 김치를 담그며, 몇 인분의 식사를 준비하는지 상상해 본 적이 있다. 뜬눈으로 졸음을 털다가 다시 깜빡 잠들기도 했을 외로운 책상에서 작가는 아이들을 위한 학습 교재를 만들고 청빈의 뜻을 받들기 위해, 거의 봉사에 가까운 수업을 했다. 살림을 메워 가기 위해 작가가 얼마나 고민했는가를 나는 알음알이로 알고 있다.

사실 필자는 작가를 지도교수로서 처음 만났다. 언젠가 작가가 자신의 이야기를 영상으로 제작한 미니 다큐멘터리를 감상한 적이 있었다. 한 편은 〈엄마의 잔소리〉가 제목이었던 창작 영상이었고, 다른 한 편은 소설가로 데뷔한 어린 꼬마의 성장기를 담아낸 영상물이었다. 인상적이었던 점은, 보이스오버 내레이션 혹은 자막으로 처리된 문장들이었다.

작가 자신의 생을 다룬 서사이니만큼 이런저런 에피소드를 다루어야 했지만, 3분이 못 되는 영상물의 속성상 대본을 과감하게 압축해야만 했다. 영상 제작을 처음 시도하는 학생이 내레이션을 짜는 것이 쉬울 수 없었다. 그러나 작가는 겨우 몇 문장만으로 이미지텔링하듯 서사를 전개하는 전략을 아는 듯했다.

그의 소설집을 읽으며, 작가가 아주 간략한 문장만으로 대상을 재현하고 독자의 연상을 자극하는 지점들을 유심히 보았다. 정확한 관찰력이 아니면 대상을 묘사하는 문장에 군더더기가 생기고, 독자의 연상을 자극하기 쉽지 않은 법이다. 그의 다큐멘터리에서 괜찮다고 생각했던 이미지텔링 감각이, 그의 관찰력에서 온 것이 아닐까 하는 생각이 든다.

관찰력은 소설가에게 가장 소중한 재능이지만, 의외로 소설가들이 항상 가지고 있는 재능이 아니다. 작가가 얼마나 예민하고 정확한 관찰력을 가졌는지를 독자는 문장에서 얼마든지 찾아낼 수 있다. 이미 누가 어떤 대상을 그려놓은 그림을 본다면, 쉽게 어떤 대상을 그림으로 그려낼 수 있지만, 사물 그 자체를 보면서 즉각적으로, 그림으로 재현하기는 생각보다 어렵다.

관찰자적인 묘사 혹은 대상에 대한 진술은, 이미지로 이미 포착된 대상을 보고서 그것을 참고 삼아 다른 이미지로 옮기는 것이 아니다. 자신이 포착해 낸 대상을 즉각적으로 핵심까지 파악하고 문장으로 옮겨야 한다. 내가 카메라처럼 바라보는 대상을 문장으로 옮기는 것이다. 혹은 내가 문장으로 묘사한 대상을 그림 이미지로 즉시 그려내는 것과 유사하다. 문장으로 이미지텔링을 한다면 즉각적인 문장으로 옮겨져야 하기에, 단어와 단어의 연결, 수사학을 고민할 시간이 없을 것이다.

　필자는 작가의 창작 리포트와 영상 창작물들을 보았던 순간 문장이 괜찮다고 생각했다. 수사적 분식에 물들지 않아 더욱 좋았다. 대개 간결체였고 부사도 관형사도 잘 들러붙지 않아 속도감이 있었다. 독자에게 뚜렷이 각인되고 쉽게 이해되었는데 아마도 작가의 정확한 관찰력 때문이 아닐지 생각한다.

　조미구 작가가 첫 소설집을 오래도록 기다렸던 것을 알고 있다. 꼬마의 그림일기 시절부터 어쩔 수 없이 어른들에게 들켜야 했던 문학적 기질 때문에, 욕망에 대한 시험을 거쳐야만 했을 삶을 거쳐 오는 동안에도 표현에의 갈망을 열병처럼 앓았을 것이다. 작가는 마음 다친 이들이 작은 소망을 안고 오는 작은 교회당의 사모로서 누구보다 고단한 자리를 지켜야 했다. 서재라는 공간을 가져보지 못한 책상에서 외로운 언어를 갈무리했음을 알음알이로 알고 있다. 서울대학교 이과대 졸업생이, 수십 년을 기다려, 자신의 글을 쓰기 위해, 견디기 힘들 만큼 잠을 줄이며 공부하는 문예창작학과 학생이 되었다는 사실에 감동하지 않을 수 없다. 작가는 그렇게 꾸려낸 자신의 작품집을 독자에게 내보이는 법을 배우기 위해 스스로 1인 출판을 공부했다.

연민 어린 시선과 순박한 위트가 돋보이는 작가의 소설집은 현대사회의 이기심과 강박증을 되돌아볼 사색의 통로를 열어 주는 작품집이다. 온갖 차별적 기호들이 만들어낸 '장소'에서 고통받는 우리들에게 진실로 편견에서 자유로운 눈이 있다면, 사랑으로 다가가는 길을 찾을 수 있을지도 모른다. 사랑은 벽처럼 가로막힌 상황에서도 길을 잃지 않는다. 보지 않고도 보는 것처럼 상처받은 마음을 읽어낸다. 누구에게나 아픔이 있다. 잃어버린 가족도 어린 날 헤어진 강아지도 아픔이 된다. 늙음 자체가 가져오는 육체의 쇠락, 인간관계에서 일어나는 숱한 오해들, 어긋난 사랑과 뒤늦게 깨닫게 된 진실도 아픔이 된다.

하지만 작가는 "따스한" 소설을 쓰고 싶다고 했다. 상처와 상실로 가득한 생은 또 어떻게 치유되고 사랑으로 채워지는지 말하고 싶었던 걸까. 비가 오고 바람이 불고 누군가 스쳐 가는 것은 새로운 일이 아니다. 그러나 잠시 발을 멈추고 어떤 사랑으로 다가가는 '빛길'을 발견하는 순간은 영원히 새로울 것이다.

창조의 세계를 엿보는 이야기

황충상

소설가, 동리문학원장

사모가 소설을 쓰는 것은 거의 불가능한 일이다. 소설은 사모의 틀을 벗어난 상상을 이야기의 구조물로 삼아야 하기 때문이다. 경우에 따라 소설은 당신이 보시기에 아닌 것까지도 과감히 사용하고 나아가 당신을 거스르기도 한다. 그런데 조미구 사모는 이 난삽한 사람 이야기를 조심스럽게 다루어 작가가 되어 창작의 세계를 열어 보이고 있다. 세상 사람의 삶에 대해 기도하며 글쓰기의 길을 연 것이다.

여기 아홉 개의 이야기가 조미구 첫 이야기의 집에 모아졌다. 《아홉 빛깔 사랑》은 여덟 단편소설과 한 편의 동화가 사랑의 빛깔로 아로새겨져 있다.

'소설은 생각을 생각하는 이야기꾼의 이야기다. 소설은 생각을 생각하는 소설쟁이의 소설이다.'

소설은 이야기에 머물지 않고 소설로 나아가야 한다. 이야기와 소설에 대한 뼈 있는 지론이다. 앞으로 창작하는 마음에 조미구 작가가 새기기를 바란다. 다음은 소설보다 이야기의 빛깔이 짙은 작품들의 독후감이다.

빛길을 가다 | 세상에 빛의 길이란 것이 있는가? 있다. 밝은 긍정의 젊은 세대가 인생을 살아가는 길이 빛길이다. 그러나 삶은 낮과 밤처럼 밝음과 어둠이 교차한다. 대인 관계에 따른 희로애락의 명암은 더욱 혼란스럽다. 그럼에도 윤지와 상준은 아름다운 인생의 빛길을 가게 되리라 예상되는 소설이다. 조미구의 데뷔작답게 기대와 가능성이 엿보인다.

아무 염려 말아요 | 삼둥이의 엄마 순정 씨 이야기. 생명의 길은 아무도 모른다. 생명 스스로 그 길을 가는 능력을 가지고 태어나기 때문이다. 신의 섭리를 엄마 아빠는 지켜보며 격려할 뿐이다. 여기에 심리적인 고뇌의 일상이 함께 그려진다면 작품은 훨씬 좋아지리라.

첫눈에 천생연분 | 방사선사 석훈의 결혼은 오래갈까? 글쎄, 인생에 소금, 후추를 넣으며 그 맛으로 산다면 살아질 거야. 사랑이는 이름 그대로의 여자, 엄마가 돼도 사랑 덩어리 그대로 사랑 맛만 낼 테니까. 싱그러움의 맛이 이야기로만 전해지는 아쉬움이 있다. 심리 묘사가 곁들여지면 작품의 격이 달라지지 않을까.

뜻이 있는 곳에 길이 있다! | 조울병을 극복하고 엄마가 된 상은 씨의 이야기. 정신질환 환자가 결혼하여 아이를 갖겠다는 결심은 실행자 5%만이 가능하다. 신의 도움 없이 불가능한 이 일을 상은 씨는 해냈다. 아기의 생명이 엄마의 조울병을 치유시키는 기적을 낳은 것이다. 결혼한 지 7년 만의 경사였다.

강한림과 성장미 | 여성의 비교 심리는 신만 아는 빛깔로 성숙한다. 여고 동기 강한림과 성장미의 비교 정서로 경쟁 사회 현장이 그려지고 있다. 빠른 결혼을 한 장미, 결혼이 늦은 한림의 인생 교훈은 사람의 행복이 결코 성적 순이 아님을 깨우친다. 삶 자체가 교훈인 인생은 드러나지 않는 행운과 불행으로 위안을 받기에 평등하다.

독거노인 불행 탈출기 | 교통사고로 아들, 아내를 잃고 독거노인이 된 박 노인의 행복론. 고독을 탈출한 박 노인이 예수사랑교회에서 김요한 목사에게 세례를 받기까지는 아내의 일기 기도문의 힘이 크다. 기도는 생을 구축하는 모든 일과 통한다. 그래서 기도로 준비된 노인의 죽음은 천국에 간다는 입증이 되고 있다.

마음이 따뜻한 사람들 | 인섭의 아들 상열이, 그의 할아버지 이만식 노인의 삶이 처연하다. 고기잡이배를 탔던 인섭이 실종되고 11살 상열이가 실명에 이르고 있는 할아버지를 돌본다. 마음이 따뜻하고 효성이 지극한 사람은 하늘이 돕는다. 도저히 믿기지 않게 파도로 인해 표류하다 북한에 억류되었던 인섭이 돌아왔다. 그들 삶의 정황으로 보아 효성이 지극한 마음만이 한 가정의 행복을 지킬 수 있음을 알게 한다.

엇갈린 사랑 | 모르게 하는 사내 연애, 일방적인 짝사랑 현상 엿보기. 세정에게 지나친 관심을 갖는 P에 대한 아내의 잠재 의부증이 이민을 가게 했다. 사람의 오묘한 감성, 이 설정의 타당성이 공감을 얻자면 심리적인 고뇌의 갈등이 읽혀져야 하지 않을까.

내 사랑 쫑 | 강아지를 사랑하는 마음이 천진하고 순수하다. 이런 착한 어린 마음이 기적을 낳는다. 모든 마음은 진실로 간절하기만 하면 진리와도 통한다. 그러기에 사진과 소통하는 꿈 동화가 창작된 것이다. 이 작품집에서 가장 뛰어난 작품이다. 꿈이 꿈을 이룬 참 좋은 동화다.

아홉 편의 작품을 상징 의미로 줄잡아 보았다. 앞으로 쓰게 될 조미구 작가의 새로운 작품들은 탄탄한 이야기를 기반으로 허구의 창작의식이 자유분방한 소설을 낳으리라 기대된다.

김만성 작가(칼럼니스트, 《크리스천 청년 재테크》 저자)
조미구는 늘 배우는 작가다. 따뜻한 가슴을 지니고 있다. 작가의 가슴에
꽉 찬 감성을 토해낸 첫 단편소설집, 사랑의 본질과 가치를 담은 《아홉 빛
깔 사랑》! 글은 그저 단순히 빈칸을 채워 나가는 일이 아니다. 그 속에 작
가의 땀과 눈물이 젖어 있고 독자를 향한 사랑이 담겨 있다. 각기 다른 색
깔의 사랑 이야기들을 읽으며 우리 자신의 사랑 이야기로 되새겨 보자.

김민혜 교수(작가/유한대 방송문예창작전공 교수)
'사랑'이란 단어만큼 투명하고 예쁜 말이 있을까! 조미구 소설가의 작
품 속 인물들은 서로를 위해 기꺼이 자신이 가진 소중한 것들을 나눈다.
그렇게 따뜻한 이들 품안에서 피어난 사랑은 우리 모두를 비추는 햇살
이 된다.

유영자 작가(수필가, 《양말 속의 편지》, 《나뭇가지에 걸린 남자》 저자)
세상 모든 어머니들에게 가장 큰 문제는 자녀의 결혼이다. 조미구 소설가
는 다양한 사랑 이야기를 실생활에 접목시켜 이야기를 풀어 나간다. 나이
든 사람에겐 젊은 날의 추억에 잠기게 하고 젊은이들에겐 얼른 결혼하고
싶은 마음을 불러일으키는 재미있는 이야기들로 누구나 한 번쯤 읽어 볼
만한 달콤한 이야기들이 이 책에 한가득 담겨 있다.

남춘길 작가(수필가/시인, 《노을빛으로 기우는 그림자》 저자)
이 소설집을 읽으면서 신인 작가의 뜨거운 열정이 느껴졌습니다. 평범한 소재들인 듯하지만 예리한 시선으로 현대인의 삶을 담담하게 재조명한 작가의 역량이 돋보입니다. 결혼도 출산도 기피한다는 젊은이들이 결혼의 행복을 찾아가는 과정과 달콤 상큼한 연애의 콩깍지가 벗겨지는 현실로의 결혼 생활을 재미있게 묘사했네요.

정기옥 작가(소설가, 《쉼카페》 저자)
이 소설집에는 8편의 단편소설과 1편의 동화가 실려 있습니다. 저에게는 특별히 마지막에 실린 동화 〈내 사랑 쫑〉 작품이 마음에 찡하게 다가왔습니다. 따뜻한 사랑과 감동적 서사가 어우러지게 아주 잘 쓴 동화입니다. 각박한 시대를 살아가는 사람들에게 이 책이 주는 위안이 클 것이라 기대하며 독자 여러분께 일독을 권합니다.

이혜영(예비 작가/前 행복ICT 본부장)
《아홉 빛깔 사랑》은 순식간에 재미있게 읽히지만 그 의미를 곱씹어 보게 하는 작품집입니다. 하나님이 주신 삶의 의미와 목적에 비추어 사랑의 변주곡들이 때로는 눈물짓고 때로는 웃음 짓게 합니다. IT업계에 몸담았던 동료로서 직장인의 애환과 로맨스는 현실감이 제대로 묻어나와 작가의 풍성한 경험과 통찰력을 느낄 수 있었습니다. 특히나 우리 세대가 안고 있는 결혼과 출산에 대한 작가의 따뜻한 고민과 격려가 많은 젊은 세대들에게 희망의 메시지가 될 수 있길 기대해 봅니다.

정소희(초등학교 독서토론논술 강사/팟캐스트 크리에이터)

조미구 작가님의 글은 언제나 따뜻한 감성을 전합니다.《아홉 빛깔 사랑》에서 작가는 사랑의 다양한 형태를 섬세하게 묘사하며, 각 인물의 내면을 깊이 있게 탐구합니다. 작가의 문체는 부드럽고 감정이 풍부해 자연스럽게 이야기 속으로 빠져들게 됩니다. 조미구 작가님의 글은 우리에게 사랑의 진정한 의미를 되새기게 하고, 삶의 소중한 순간들을 다시 생각하게 만드는 힘이 있습니다.

오명화(수원시 작은도서관협의회 회장/독서문화활동기획가)

이야기꾼으로 성장하기 위한 발돋움을 하는 조미구 작가님.《아홉 빛깔 사랑》은 마음에 새살 돋게 하는 바로 우리 이웃들의 잔잔한 감동을 주는 단편들입니다. 작가의 힘이란 지나칠 수도 있는 사소한 것들을 언어의 마술을 통해 감동의 스토리를 만들어내는 것입니다. 깊은 심연의 우물에서 퍼올리는 삶의 다양한 모습들, 울창한 숲의 이야기 꽃나무로 성장하시기를 기대합니다. 열정적인 큰 나무의 고뇌가 묻어나는 작가 정신을 응원합니다.

조미구 소설집

아홉 빛깔 사랑

초판 1쇄 펴낸날 2024년 12월 16일

지 은 이   조미구

펴 낸 이   조미구
펴 낸 곳   조이록북스
출판등록   2024년 3월 27일 제 2024-000048호
주   소   경기도 수원시 장안구 이목로24
홈페이지   http://blog.naver.com/joyrock300
이 메 일   beautinine@naver.com
전   화   010-4010-2703
팩   스   0504-328-2703

I S B N   979-11-987285-1-7   03810